KB180992

푸른사상
시선

93

불가능을 검색한다

이 인 호 시집

푸른사상 시선 93

불가능을 검색한다

인쇄 · 2018년 10월 18일 | 발행 · 2018년 10월 23일

지은이 · 이인호
펴낸이 · 한봉숙
펴낸곳 · 푸른사상사

주간 · 맹문재 | 편집 · 지순이, 김수란 | 마케팅 · 김두천
등록 · 1999년 7월 8일 제2-2876호
주소 · 경기도 파주시 회동길 337-16(서패동 470-6) 푸른사상사
대표전화 · 031) 955-9111(2) | 팩시밀리 · 031) 955-9114
이메일 · prun21c@hanmail.net / prunsasang@naver.com
홈페이지 · http://www.prun21c.com

ⓒ 이인호, 2018

ISBN 979-11-308-1376-9 03810

값 9,000원

☞저자와의 합의에 의해 인지는 생략합니다.
이 도서의 전부 또는 일부 내용을 재사용하려면 사전에 저작권자와 푸른사상사의 서면에 의한 동의를 받아야 합니다.
이 도서의 국립중앙도서관 출판시도서목록(CIP)은 서지정보유통지원시스템 홈페이지(http://seoji.nl.go.kr)와 국가자료공동목록시스템(http://www.nl.go.kr/kolisnet)에서 이용하실 수 있습니다. (CIP제어번호 : CIP2018032967)

푸른사상 시선 93

불가능을 검색한다

본 서적은 울산문화재단 2018 예술창작 발표지원 사업의 일환으로 제작되었습니다.

울산광역시 울산문화재단

| 시인의 말 |

뒤돌아본다.

온 길이 잘 보이지 않고,

가야 할 길은 아직 멀었다.

낯선 도시에 발을 디딘 순간 오래된 병처럼 어깨가 결렸다.

디딘 발은 어쩐지 부자연스러워서 걸을 때면 가끔 미나리꽝에 빠졌다.

흙이 잔뜩 묻은 신발을 개울물에 씻을 때면 발바닥에 난 균열이 조금씩 커졌다.

어쩌겠는가 그럼에도 불구하고 휘청거리며 조금씩 걸어갈밖에

터지는 일에 익숙하고,

비아냥에 익숙해져서

터벅터벅 걸어가다 보니

그래도 제법 발목이 굵어졌다.

발목이 예쁜 신랑을 가지고 싶다던

당신이 아들들과 빗속에서 종종대는 모습이 훤하다.

부끄러워져서 어색하게 웃고 만다.

내 부끄러움도 함께 터벅터벅 걷는다.

2018년 10월

이인호

| 차례 |

제2부 반구대 암각화

제3부 발의 대화

제4부 질문

제1부

정면을 맞이한다

동굴

오직 운이 좋았을 뿐이다
도시에서 살아남는 건
동굴에서 생존하는 법과 다르지 않아서
누군가의 죽음 뒤에 숨어야 한다

이전부터 존재한 굴은
오늘까지 존재한 굴과 달라서
저 굴에서 기어나오며
그녀와 내가 어둠을 주워 먹는다
어둠의 유일한 영양분은 흔적이라서
날카로운 이가 흔적을 씹으면
물컹거리는 아득한 후회

이 굴 안에서 그녀의 종족이
몰살당했다는 걸 알아차린다

우리가 우리의 어둠으로부터 탈출해
저마다 아이를 낳기 위해

다시 동굴로 돌아왔을 때
그녀의 아버지를 쏜 자가
나의 아버지였다는 걸 깨닫는다
동굴에선 죽은 자와
죽인 자가 수시로 만난다

출산한 아이를 보기 위해
함께 동굴을 나선다
결국 그녀나 나나
누군가의 죽음 뒤에서
용케 살아남아 아이를 낳았다

동굴에선 빛을 가진 자들이 가장 위험해
그녀가 나보다 한 걸음 뒤에서
걷고 있다는 걸 깨닫는다
그걸로 그녀에게 진 빚을
조금 갚았다고 생각했을 뿐
우리가 우리에게 진 빚은

누구에게 돌려주어야 할까

푸른 가운을 입은 산모 둘이
느리게 복도를 걷는다
먼 도시의 산기슭에선
아이의 뼈마디가 발견됐다

우리는 다만 운이 좋았을 뿐이다

누구나 갈비뼈에 몸을 묶고 산다

허공의 갈비뼈에 금이 갔다
바람이 숨 쉴 수 있도록 곧추세워주는
저 차곡차곡한 뼈대에 아주 사소한 금이 갔다

들숨과 날숨이 지구를 흔드는 바람을 내뱉을 때
뼈에서 뼈로 이어지는 숨통 사이
허공에 징검다리 같은 구름들

그저 숨만 쉰다면 하늘이 얼마나 허전하겠어
당신이 송전탑에서 만든 구름이 나풀나풀 피어오를 때마다
환호를 지르던 푸르디푸른 지상의 균형

뼈에 금이 가고
불규칙한 호흡에 차근차근 놓인
공백들도 하나, 둘 무너지기 시작했다

구호들의 징검다리 거기 너머

무엇이 있을까 걱정하지 마
지금은 차근차근 저곳을 건너야 할 때

구름 아닌 것 그냥 비구름을 조심해
네가 디딘 자리는 그냥 구름인지
아니면 비구름인지

그대가 철탑에 지은 비
그대가 철탑에 뱉은 비

쏟아지는 비를 맞으며 갈비뼈를 타고
몸이 되어 올라오는 이끼들
누구나 저 단단한 갈비뼈에
몸을 묶고 사는데

순순히 피부가 되어주는 이끼들
바닥에 깊이 박힌 허공이 서서히 일어서려는가

당신이 온 자정

우습게도 당신은 자정에서 왔다
자정은 모든 것이 우스워지는 순간이다
이쪽인 줄 알았던 이쪽이 저쪽이 되고
저쪽인 줄 알았던 저쪽이 이쪽이 되는

때를 기다리는 때의 때가 언제인지
알 수 없는 것도
다 자정을 지났기 때문이다

당신에게 저지른 시간을 들여다본다
바람이 살랑거리는 모습에 쉽게 웃으며
발을 동동 구르던 날씨
당신의 미지근한 숨결은 사실 자정의 습관이었다

상가에 간 당신은 허기가 사라진다고 했다
음식을 넘길 수 없는 초상이 너무 흔하다고
저지른 우울을 보며
저질러진 저녁엔 무엇을 먹을까 고민할 뿐이다

밥솥은 지혜롭게도 삼중 코팅 바닥이다
굳이 바닥이 단단해야 하는 저녁이다

우습게도 우리 식탁엔 의자가 없다
의지할 데 없는 식탁에서 밥을 먹는다
이미 엎지른 물로 흥건한 식탁이다
밥에 물을 말아 먹는지
물에 밥을 말아 먹는지
때론 저지른 일을 숨기려 저지르는 일에
방향을 잃곤 한다
뭐, 잃어버릴 방향 따위 우스워지는
자정이다

당신은 자정에 택시를 타고 왔다
모든 갈증이 할증처럼 따라붙는다
자정은 우스워서 무서워지는 순간이다

정면을 맞이한다

파도에 밀려 바람이 나를 태우러 온다
고백되지 않은 것이 많다고
옆자리에 앉은 그녀가 정면을 바라본다

정면의 정면은 항상 점일 뿐이라고
고백되지 않은 것도 결국
정면의 흔적일 뿐이라고
브레이크를 서서히 밟아본다
뒤따라오던 차들이 따라 속도를 줄인다
그녀가 차창 밖으로 쓰다 만 편지를 내던진다

달리는 자동차 안에서 바람은
항상 정면에서 불어온다

심장은 혈관의 모퉁이야
모퉁이를 돌아야 삶이 이어지지
모퉁이에서 당신이 잠깐 나를 쳐다본다
모퉁이에 이르러서야 주변이 궁금해지고

모퉁이에 이르러서야 길에도
뒷면이 있다는 걸 깨닫는다
그래서 모퉁이를 돌면
우린 다시 모퉁이가 된다

정면의 모퉁이는 모퉁이의 정면이 되고
날 바라보는 이유를 알게 된다
바라보는 것으로
서로의 모퉁이가 되는 순간이다
우리가 정면을 맞이하는 순간이다

무창포

얼음 심장을 가지고 싶었어
멈춰버릴 걱정 따윈 필요 없는

밤바다를 들여다보면 두근두근
규칙적으로 박동하는
바다의 심장이 보여

빙점 아래서 빛나는 것들에겐 공통점이 있어
견고해 보이지만 언젠가는 녹아내리지
내가 여기에 온 것도
바다의 박동에 녹아내렸기 때문이야

더 이상 산으로 올라가다 죽는 일은 흔치 않아
그래서 비트를 원하는 사람들이 바다로 갔나

바다의 비트, 바다의 박동
그렇게 생존은 어울리지 않는 한 박자야

도대체 겨울이 그렇게 욕을 먹는 이유가 뭘까 궁금했어
빙점을 겪어본다면, 단단하게 빛나던 순간을 잊을 수 있을까

태풍이 밀어내던 테트라포트를 기억해?
기억의 무게를 과신하면 언젠간 밀려오지

이제, 이해하겠어? 내가 얼음 심장을 가지고 싶은 이유를

노랑

당신이 가져갔던 날씨에서
여름과 가을 사이를 꺼낸다

계절은 먼지 같아서 하나의 먼지가 하나의 먼지와 만나는 시간을 우리는 기억하지 못하고 목구멍에서 느껴지는 까슬한 예감만 남아 나를 간지럽힌다 빛이 기울어 계절이 쌓이는지 계절이 빛을 분해하고 해체해 또 다른 날짜들을 쑤셔 박는지에 대해 오래 골몰했던 시간들도 먼지였다

돌아서 당신에게 꼭 들어맞는 나무들의 갈피 사이에서
마른 손톱을 깎으며 잠깐 쉴 수 있을까

습기가 많은 계절
오래된 어둠이 습할 거라는 기대를 버린다

이 종잡을 수 없는 기록과 기억 사이에 꽂힌
아이는 노오란 나를 꺼내 빛이라고 한다
절름발이의 그는 나를 어둠이라고 한다

늙은 노파는 나를 눈물이라고 한다
침을 뱉고 돌아서는 그는 자국이라고 한다
나는 아직 흘러내리기 직전의 아이스크림, 어쩌면

어둠을 들추며 당신이 꺼낸 빛의 겨드랑이에
오래 묵은 계절성 바이러스가 잠복하는 걸 당신은 곧 눈치챈다

젖은 라면 상자 같은 당신의 호주머니에서 조심스럽게 꺼낸 빛은
오래전에 죽은 병아리였다
바닥을 오래 앓아서 마무리하지 못한 영영 검푸른 계절은
빛이 아니라 빚이었다

불가능을 검색한다

— 최종범

우리는 검색으로 만났다
하루에도 수십 번 가지를 치는
자음과 모음을 적절히 섞어야 한다
한 글자에도 무수히 쏟아지는 연관
막상 다가서면 점점 다른 의미가 눈에 들어온다
그렇게 길을 잃어버리면 네가 부른다
부르지 않아도 쓸모 있어지고 싶어
부르는 소리를 못 들은 척했다

나는 못 들은 척하는 게 아니라
자주 못 듣는다고 했다
검색은 못 들은 척하기에 좋은 방법이다
결과가 궁금하지 않아도 너를 검색하고
내 엄지는 너의 엄지와 다르지 않아서
물푸레나무가 서성이는 방법이
습기 때문이라고 쉽게 알아낸다
너를 보면 자꾸 손에 땀이 차는 것도
밑동이 허전해서라고
검색으로 검색되지 않는 이유를 대지만

아이를 두고 자살을 선택한,
선택을 당할 수밖에 없던 이유는
도무지 검색이 불가능하다

그 불가능이 이유였을지 모른다
난 네 앞에서 불가능을 검색하고
다시 검색한다
거기 있는 너와 여기 있는 내가
검색으로 만난 불가능한 이유와
자신을 타살한 불가능은
불가능에게 곁을 주지 않아
불가능으로 묻혀버린다고,
이곳 어딘가 불가능을 어림잡으며
가끔 손끝에서 미끄러지는 아이의
마른 손을 잡고 함께 서성였을 네가
바로 보기 불가능한
환한 사진으로 웃어서
불가능하게 웃고 있어서

스크린도어

당신이 저기 지붕 높고 담장
낮은 집 거실에서 커피를 내린다
적당한 온도는 적당한 향기를 가진다

건널 수 없을 것 같던 바다
아득한 바다는 어린 지빠귀처럼
알 수 없는 눈을 가졌다

아드리아해를 무사히 건너온 이들은
바쁘게 집으로 돌아오는 중이다
바다를 넘어야 집을 가질 수 있다는 건
바다를 가진 나라들의 공통점인가
열매보다 많은 가지가 소란스러워
자두나무 가지를 쳐내야겠다고 생각한다
사소한 결심에도 눈이 있어
흔들린 초점에 당신이 자꾸 흐릿해진다

이제는 익숙해진 흔들림으로
자주 당신이 나타났다 사라진다

하필 왜 도시락이었을까
오래된 등받이 의자에 앉아
당신의 손에서 켜켜이 쌓인
안부의 낱말들을 들여다본다

점점이 박힌 단어들
자주 닫히는 스크린도어처럼
아들의 항해는 창백한 궁리였다

들어간 곳으로 다시 못 돌아온 사람들
그들이 들어간 바다
그들이 못 돌아온 바다
저절로 열리지 못하는 스크린도어 너머
도시락이 둥둥 떠다닌다

누가 오는지 주변을 잠깐 둘러보던
당신이 바다를 향해 한발 다가선다
아주 잠시
당신이 가진 적당한 온도에서
적당한 향기가 스크린도어 쪽으로 흐른다

잊은, 혹은 익은

카카오톡 메시지가 뜨고
너는 말없이 돼지 껍데기를 뒤집는다
뒤집어야 본색이 드러나는 건
굳이 양념 때문만은 아니다

살갗의 부분이었던 기름이 떨어지고
사고사를 당한 친구의 이야기가
반원으로 말린다
보호받지 못한 보호도
결국 누군가의 살갗이야
둥글게 둥글게 익어가는 누런 속내로
찰랑거리는 술잔을 덮어본다

놓인 자리가 다르면
껍데기가 익는 속도도 달라져
기름이 숯불에 떨어지자
살갗이 더욱 맹렬히 타오른다
이제 뒤집어야 할 순간이다

줄곧 미망에 사로잡혀 있던 피부가

부들부들 떨리다 잠깐 튀어 오른다
저항은 어찌나 잠깐인지
먹기 좋게 익혀진 것들
순식간에 잊히고 만다

잊힌다는 건 기름기 쏙 뺀 채
딱딱하게 굳어버리는 것
검게 타버린 껍데기 한 점 불판에서 치운다
네가 익어가던 자리에
나는 껍질 한바닥을 다시 올려놓는다

속살이 그리워 동그랗게 말리는
껍데기 집에선 누구나 등이 구부정하다

그는 돌아갔을까?

해무는 좀처럼 고개를 들지 않는다
낮게 더 낮게 잔잔해진다
낮아진다는 건 잔잔해지는 것이다

잔잔해진 바다에서 깡깡,
쇠와 쇠가 부딪힐 때
바다도 안개를 털어낸다

그가 떠나온 나라에서도
자주 안개가 꼈다
후스수*, 안개가 왔다
후스수, 안개가 사라졌다

잔잔한 파도와 잔잔한 수평선
손을 내밀어 수평선을 한 움큼 그러쥔다

나는, 모든 높이는 저곳에서 시작된다고 했다
그는, 사람들은 안개 아래서 온다고 했다

바닷가 공장엔 자주 해무가 꼈지만

누구도 소리 내는 사람이 없어
그만 안개가 사람을 털어냈다는
이야기가 돌았다

그는 그려쥔 수평선을 놓고
후스수, 돌아갔을까?
산안개를 털어내기 위해
깡깡 망치를 두드리고 있을까?

* 후스수 : 네팔어로 안개를 뜻한다.

숲에 꽂히다

오래 앉아 있던 자리에서 비켜 앉아
비껴가는 은사시나무를 바라본다
모든 움직임엔 파동이 있는 걸 알게 된다

숲이 움직이자 파동이 생긴다
숲이 부스럭거리자 바람이 안다
바람이 알아버린 부스럭거림은 때로
흔들리는 모습으로 온다
있던 자리에서 비껴가는 은사시나무를 보며
숲이 만든 파동을 듣는다
심장이 떨리는 건 흔들리는 모습을
들키지 않고 싶어서다
숲이 움직이는 걸 먼저 알아버린
바람이 나에게 온다
떨려서 바람이 이는지 아직 알 수 없다
잘 익은 홍시에 찻수저를 꽂았다
물컹, 껍질이 떨린다

13억 년 전 블랙홀과 블랙홀의 겹침으로
생긴 중력파를 측정한 건 결국
가설이 있었기 때문이다
어쩌면 우주 어디선가
내가 너와 하나라고 느꼈던
그 짧은 떨림을 누군가
측정하고 있을지 모른다

거기 있을 거라고 생각하는 것
정말 거기에 있는 것을 보는 것
가설이 증명되는 데 걸리는 시간을
세월이라 부르기로 한다

숲 가장자리에 은사시나무가 꽂혔다

계단 조심

계단에 앉으면 계단이 생각난다
계속할 수 없는 순간
바닥이거나 옥상이거나
계단이 사라지는 순간
계단의 회의가 시작된다

발이 작아 자주 넘어지던
소년은 난간을 잡는다
계단이 난간을 낳았다는 소문을 들었다
소문이 계단을 오른다
택배기사 및 배달원은 엘리베이터에 타지 마시오

계단에서 볼 수 있는 것은 계단뿐
계단에서 보이는 풍경은
지켜지지 않는 흔한 약속 같았다
기록되지 않은 기억처럼
매번 수월하게 넘어가는

집의 일은 계단을 가지는 것
그의 일은 계단을 가지는 것
계단의 일은 계단을 가지는 것
간혹 계단이 아닌 것을 훔쳐봤다는 이유로
계단의 살인이 일어난다

계단을 오른 그가 거울을 바라본다
계단의 끝에서 밝은 미소가 자란다는 건
그저 인사치레일 뿐

엘리베이터로 거울이 옮겨 간 이유다

동부분식

아내가 이십 년 전부터 즐겨 찾았다는
읍성 앞 동부분식
복잡한 길모퉁이를 돌아도
간단한 메뉴가 단골을 만들어
명절 연휴에도 북적북적하다

간단한 메뉴를 기다리며
간단히 검색한 뉴스에서
간단한 사망 소식을 들었다
유해물질 가득한 반도체 공정에서 일했으나
온몸이 굳어가는 질병에도 산재 판정을 못 받았고
어린아이 셋을 남기고 추석날 아침 사망했다는 여인

아들 셋을 데리고 아내의 단골 분식집에서
간단한 메뉴를 기다리는 동안
그 사람도 단골집이 있었을까
간단히 검색된 뉴스에
자꾸 손님들이 밀려드는

북적북적한 분식집에서였다

그 사람도 오래 즐겨 찾는

밥집이 있었을까

국수 가닥이 물컹물컹하게 익어가기를 기다리며

간단히 검색된 뉴스를 넘기는 동안

기다리는 칼국수가

왜 단골을 만들었는가를 생각하는 동안

평상의 계획

계획되지 않은 동네에선
계획이 자꾸 틀어진다
조만간 계획이 들어서서,
계획들을 밀어내고
거주보다 확실한 보증이
필요한 사람들은
조금 더 넓은 길을 위해
바닥을 자꾸 다질 것이다

구경꾼이 많은 동네는
계획되지 않은 동네다
무계획을 들여다본 사람들은 그래서
자신의 무계획에 대해 안심하고
계획을 다시 세운다

무계획의 동네에 가면 자주 평상을 만난다
평상의 계획은 그래서 경계가 없다

평상의 풍경은
평상에서 바라본 풍경과 다르고
평상의 계획은
평상에서 바라본 계획과 다르다

내가 당신의 얼굴을 바라볼 때
당신이 내 얼굴을 함께 바라보는 것은
평상의 풍경이고
내가 당신의 손을 잡을 때
당신이 같은 방향으로 서 있는 것이
평상의 계획이다

오래된 서가

고래들의 기도가 들린다는 대관령 어느 길목
아무리 몸을 움츠려도 빠져나갈 수 없는 터널이 있다고
그는 그물을 던지듯 터널을 두고 달렸다

헤드라이트 불빛만 부표처럼 바다의 경계를 지운다
환해서 희미해지는 경계도 선이라고 부를 수 있을까
선 앞에 서서 자꾸 선을 생각했다

선명하지 않은 건 결국 길 위에서 소멸할 뿐이야
쉼 없이 온기를 내뿜던 히터 앞에서
그는 이미 반쯤 꾸덕꾸덕해진 몸으로 뒤척였다

오래된 서가를 배회하듯 길을 넘기며
귀퉁이가 나달해진 황태 덕장을 지날 때
칸칸이 낡은 책갈피 속에선 소금기가 흘렀고
그가 읽은 바람에선 비린내가 풍겼다

좁고 가파른 줄거리를 지나오면 기억하지 못한
증발의 흔적들 얼었다 녹았다를 반복했다

기억은 문자와 달라 풍향에 높이를 맞춰본다
오후 내 바람의 이름으로 구획 정리된 햇빛에
잘 말려진 문자들 점점 선명해진다

결국 문장을 완성하는 건
까맣게 말라버린 황태의 눈동자

바다에서 바람으로 갈아타는 동안
오래 품어온 구절을 펼친다
갈피를 경계라고 부를 수 있다면
이 갈피는 어떤 계기를 필요로 할까
이내 페이지 사이에서 성긴 눈발이 날려
문장을 막아서는 여백 앞에서 한참을 서성인다
수서 카트엔 아직 정리해야 할 책들
자리를 잡기 위해 차근차근 번호를 되짚어본다

폭풍처럼 몰아치던 침묵이 덕장을 훑는다
잠시 손아귀에 힘이 빠지고
하얗게 굳은 발등 위로 모서리가 닳은 책 한 권 떨어진다

제2부

반구대 암각화

이웃 사람

돌아누운 그녀의 등뼈에서 빛이 났다
침실 창문으로 점점이 박혀오는 속삭임
그렇게 그녀가 건네는 말마다 그림자가 생겼다

오늘은 당신 스웨터를 빨았어
소매에서 모래가 한 움큼 쏟아졌지
사막을 다녀왔다는 말을 믿기로 했어
볕이 좋아서 이불을 털었어
다행히 옆집 여자가 투신하는 걸 볼 수 있었어
구급차가 올 때까지 그녀도 나도 꼼짝하지 않았어
아이가 학교 다녀오는 길에
쑥떡이 먹고 싶다며 쑥을 한 움큼 뜯어 왔어
아이 가슴에 눈물을 닮은 물사마귀가 한 움큼 늘었어
눌어붙은 바닥에서 밥알을 떼냈어
주전자의 입술이 차갑게 흘러내렸어
물에 만 식은 밥은 언제부터 식어버렸는지 알 수 없었어
신고 있던 신발을 벗자 신발이 내 발 같았어
내 발은 이미 먼 길을 간 것처럼 오래전에 내게 등 돌리고

햇빛이 게으르다고 게을러터졌다고 등짝을 후려치는
바람의 기세도 나쁘지 않았어

윤곽이 선명한 그림자,
살갗이 파이는 건 날카로움이 아니라
더 이상 가늘어질 수 없기 때문이라서
그녀가 두께를 줄이며 던진 말들이
어스름 창밖으로 빠져나간다

오늘 하루 그녀가 서 있던 말 위를 그림자가 걷는다
다리를 절룩거리며 바닥을 짚어내는
움푹 파인 단어마다 발걸음이 새겨지고
누군가 그 발걸음을 천천히 세어보고 있다

그녀가 찍은 사진은 온통 그림자뿐이다
그림자는 자주 변신한다
생각해보면 그녀의 말을 끝까지
귀 기울여 들은 적이 없다

그래서 그림자는 그녀가 보낸
가장 사소한 문장 같다

자주 사소한 문장 하나를 이해하지 못하고
문자의 바탕들만 쓰다듬는다

문을 열고 옆집으로 들어가는 그림자를 자주 훔쳐봤다

꾸러기 수학 교실

길 건너 꾸러기 수학 교실에서 숫자들이 쏟아져 나온다
일, 이, 삼, 사, 오, 칠, 어, 육이 빠졌다.
책상 서랍을 뒤지던 건망증 심한 육
헐레벌떡 뛰어나온다
건망증은 불현듯 떠오르는 추억과 닮았다
생각의 겹침이 어긋날 때
집으로 돌아갈 시간을 잃어버린
육은 자주 생각이 겹쳤다 풀어진다
바람난 어머니 때문에 팔의 'ㄹ'이 자꾸만 덜렁거린다
팔을 순하게 해주는 'ㄹ' 언제 떨어질지 모른다
숫자들을 태우고 떠난 자리
컵볶이와 미니 돈가스를 든 색깔들이 몰려든다
케첩이 들어가 새콤달콤한 컵볶이에서 빨강 하나 뛰쳐나간다
새콤하게 버무려진 풍경에서 노랑이 위층 태권도장으로 오른다
자주 맞아 멍이 들 때마다 저 색깔을 꿈꿨다
내 색이 있으면 세상 어디든 그림을 그릴 수 있을 것 같아

양념 덜 밴 떡이 떨어져 데구르르 구르는 소리,

꼭대기 피아노 학원에서

금방 나온 라가 발로 계단을 툭툭 찬다

소리에도 상처를 받을 수 있다는 걸 알 즈음

식은 밥솥에 통째로 밥을 비벼 먹곤 했다

우걱우걱 비벼지는 학원 건물 앞

피아노 학원 도돌이표가 가방에서 툭 떨어진다

제길, 다시 처음으로

일, 이, 삼, 사, 오, 칠,

섬으로 온다

당신이 오지 않으면
아무 소용이 없는 밤
연락이 없어도 닿는 소식이 있고
연락이 있어도 닿지 않는 소식이 있다
당신이 있는 곳은 소식이 사라지는 곳
나는 철지난 소식을 두툼하게 묶어
당신에게 보낸다
하나로 묶인 소식을 밖으로 내어 놓으며
신발을 가지런히 정리한다
오늘은 당신이 머물던 방에서 자야겠다고
이곳저곳 당신이 펼쳐놓고 간
지명을 새긴다

이름만 들어도 가슴이 막힌다고 했다
그건 이름 안에 숨은 이름들이 너무 많아서라고
당신은 머무르던 지명을 내게 불러줬다
너븐숭이*

이름들 하나하나가
당신을 오래 붙들고 있다고
하지만 당신이 오지 않으면
아무 소용이 없는 밤
당신이 머무르던 지명을 다시 되새긴다

어떤 이름은 익숙해지기도 전에 새겨졌고
어떤 이름은 새겨진 채 지워져버렸다

낯익은 이름을 새기며
바다를 밀어내고 솟아오른 분노
하지만 익숙해진 당신은 오지 않는다
섬은 가는 게 아니라 오는 거라
당신이 오지 않으면
아무 소용 없는 밤이 이어진다

* 너븐숭이 : 제주 4·3평화공원이 있는 곳의 지명

온기가 있던 자리

복권방 앞 전광판 오늘의 누적 당첨금
숫자와 숫자 사이
검은 배경으로 빠르게 불어나는 숫자를 피해
검은 누 한 마리가 몸을 비틀어 빠져나온다

바람은 모질어 방향을 가늠할 수 없고
누군가 흘리고 간 푸른색 목도리 하나
격자무늬 보도블록에 외롭게 갇혔다

길게 뻗은 중앙선을 가로질러
먹이를 찾던 누 한 마리
경계도 하지 않고 다가와 목도리를 살짝 들여다본다

모서리마다 냉기가 올라와 단단하게 굳어버린 틈으로
누군가 심어놓고 간 온기가 차츰차츰 뿌리를 뻗고
단단한 돌덩이 아래 흘려진 온기가
푸르게 빛나며 싹을 틔우기 시작한다

검은 강, 입 벌린 악어 떼에
딱딱하게 붙박인 새끼가 검은 울음을 운다
온기가 사라진 울음이 바람을 만든 것은 아닌지
푸른 온기가 틔운 싹을 찾아 숫자 사이를 돌았다

다가온 누가 한가로이 풀을 뜯는
닿지 않는 불빛 속 궁벽한 자리
그림자엔 속내가 없어 바람이 목도리를 뒤집는다
놀란 누가 전력을 다해 도망치고
금세 차가워진 보도블록이 하얗게 질려 올려본다

목도리가 날아간 자리
보도블럭이 초원의 푸릇한 풀 냄새를 속에 품는다
온기가 있던 자리다

겨우살이

겨울엔 겨우 살아가는 게
모두 떠난 집의 신발장 같다
누구도 찾지 않아서
겨우살이가 겨우 살아남은 건
꼭대기에 방을 얻어서라고
차곡차곡 비어버린 칸칸을 바라본다
꼭대기에선 굳이
꼭대기를 지켜야 할 이유가 없어
지구에서 밀려난다는 건 저렇게
꼭대기로 버려지는 것

꼭대기로 버려져야
힐끔거리고 기웃거리며
높이를 가질수록 삭막해진다는
오래된 착각을 사뭇 진지하게 고민한다
더 이상 살 수 없게 꼭대기로 전부 버려진
버린 아이와 버린 부모와 버린 내가
아등바등 놓치지 않으려는 꼭대기

꼭대기가 자꾸 마디를 푼다
손잡이를 남기는 건 위로가 아니라
꼭대기가 우리와 공존하는 방법이다
누군가 끈 하나를 놓치고
버려지는 것으로 꼭대기에
오래 남아서 펄럭거린다

펄럭거리다 날아가지 않도록
꼭대기를 오래 붙들고 있는 꼭대기
제자리에서 누구나 꼭대기가 된 사람들
겨우 살아가는 모습이
펄럭거리다 날아가지 않도록 꼭대기를 붙든다

측백나무 병동

소아과 병동의 아침이
유난히 조용한 건
아이들의 손바닥에서
측백나무가 자라기 때문이다

밤 새워 허공에서 측백나무 잎으로
이슬을 운반하던 사내
아이 곁에서 맺힌 이슬을 받아내다
잠이 든 여자를 보며
빈 링거액처럼 구부정하게 앉았다

여자가 밤새 모은 이슬 반 공기
공복을 파고드는 둥근 방울이
잔기침처럼 날아올라
아이가 남겨놓은 아침밥이
혈관을 타고 똑, 똑
몸으로 스미면
침대에 누운 어미와 아이가

둥글게 몸을 만다

사내의 숟가락이 잠시 허공을 뜨고

공복을 채우는 간간한 공기
이제야 간이 맞다

제대로 된 금형 틀은 어디 있을까?

밤과 낮이 똑같은 압력으로 찍어낸 해 질 무렵
어머니는 제멋대로 삐져나온 시간을 시아게* 했다
붕어빵처럼 시간의 가장자리가 바삭하다면
쉽게 출출해지는 저녁 때문에
야식 따위는 생각나지 않을 밤
잘려나간 시간에서 피가 솟아났지만
스프링 달린 쪽가위는
힘을 빼면 저절로 아가리를 벌렸다

왜 어머니 다니는 공장엔
제대로 된 금형이 없을까
늦은 식욕이 경계를 넘기 전
잘라낼 것도 없이 미끈히 뼈만 남은 아버지
방의 경계마다 문풍지를 바르고 비닐을 씌웠다

그 밤 모서리에 갇힌 옆방 여자는
가장자리를 벗어나기 위해
저절로 아가리를 벌린 쪽가위에

머리를 들이밀었다
쪽가위가 잘라내던 그녀의 테두리가
연탄가스 배출구를 완전히 빠져나갔다고 했다
어머니는 쪽가위 뾰족한 끄트머리를 잘라냈지만
가장자리를 자르는 건
가위 대가리가 아니라 날카로운 아가리였다

* 시아게 : 정리 정돈을 뜻하는 일본말. 사출공장 성형 틀에서 찍혀 나온 고무나 플라스틱 따위의 가장자리를 잘라내는 일을 일컬어 시아게라고도 한다.

처용

곧 사라진다고 했다
더 이상 수지가 안 맞는
시골 산부인과 입원실
아이를 낳으려면 이제 도시로 가야 한다고
어색한 말투로 씁쓸하게 웃던
병실 친구 베트남 신부 호아낌

아내와 남은 한밤중
그녀의 침대 커튼이 팽팽하게 둘러쳐지고
가끔 커튼 사이로 들리던 낡은 숨소리

아내와 조용히 나가 병실 복도에 앉았다
딸만 둘 낳아 신랑도 시부모도 찾아오지 않는다고
그만 됐으니 이제 집으로 들어가라고

아내를 들여보내고 병실을 나설 때
팽팽한 커튼 사이로 얼핏
그녀의 하얀 발바닥이 보였다

어둠 속에서도 밝게 빛나는 발바닥
오래전 누군가의 용서를 받은 발바닥을 안다

다음 날 아침 일찍 퇴원한 그녀
용서받은 발바닥에서 한 걸음 내딛지 못한
발바닥이 왜 바닥을 향하고 있는지
한참을 생각했다

혁명의 배후

— 흔적 1

구름의 잔등에서 진한 치자 향이 났다
어느 숲길을 돌아왔나 이슬이
발길 돌려세워 아직 오지 않은
네 아득한 향기만 성큼성큼
유난히 작은 신발을 신고
그대 오는 길
길이 넓혀지고 넓혀진 길에서
자란 도로의 배후

기다림이 만들어낸 정류장은
자주 얼굴이 바뀌고
저 조용해서 익숙해져버린 변신을
마디마다 새겨 넣고
기억하지 못한 건 그러니
알지 못하는 것이 아니라
차마 소리 질러 부르지 못하고
왔던 길마저 희미해져버린 것

수평이 어긋난 뒷마당에서

눈물 글썽이며 자란
바닥 깊은 푸른 기다림이
소란스런 대숲의 고요처럼
빈 광장을 눈도 없이 떠돌아
잡히지 않고 보이지 않는 너를
향기의 방향만으로 쫓는 건 그러니
쳐다볼 눈이 없었던 것이 아니라
차마 날카로운 등줄기가 드러날까
같이 갈 너마저 손 놓아버린 것

그래도 그대 내가 그리운가
문득 문득 윤달이 찾아오고
시린 손목에서 빗금처럼 자란
마른 묵밭 같은 저녁의 계단
시간이 걸터앉은 계단에서
내가 놓아버린 상처 자국 그대로
뿌리내린 온기를 낚시하던
그대 아직도 나를 기다리는가

가시박

— 흔적 2

길 옆 우수관
소곡소곡 쌓인 먼지 속
버려진 것들의 피난처에서
환하게 솟아오른 가시박
구멍의 깊이 따윈
문제없다는 듯 손길을 내민다

갈 곳 없어 한참을 서성거린
버스정류장에서
발목을 타고 오르는 둥근 줄기
너의 계보를 알려주는 가시가
살갗을 파고들어
네가 어둠 속에서 싹 피운
도시의 이름이 떠오른다

바닥 아래 얽힌 주소에서
너를 안았던 시간들
갈비뼈가 닿을 때마다

녹아내리던 잿빛 진창,
바깥을 향해 돌던 혈관이
굵어지면 돋아나는 가시들
국경의 기슭을 넘는다

체류 기간이 끝난 비자처럼
아슬아슬하게 덮인 지붕
자꾸만 들이치던 햇볕을 피해
버스에 오른다
주소의 등 뒤에서 자란 도시
가닿지 못하는 이름을 나타내면
바닥을 뚫고 자란 본능을
버스 단말기에 가져다 댄다

적립된 비명이 감사 인사를 건넨다
이 도시에서 동정은 모두 후불이다

서해 건어물
— 흔적 3

달의 인력으로도 쉽게 드러나지 않는다
갯벌은 바다가 쌓아놓은 물의 흔적,
그래서 깊은 밤에도 자궁을 굳게 닫고
염생식물을 기르는 간척지는
흔적을 잃어버린 사람이다

고비사막에서 자란 모래가 바다를 지나
소란스럽게 스며들던 난장이 끝났다
바다에 살던 막내는 서해에선 일출도 일몰 같아
교미가 끝난 낙타처럼 길을 더듬어
뱃가죽이 허물어진 어선을 탔다

막내의 배가 마지막으로 음표를 보냈다는
다만 툰드라를 노래하고 싶었을 뿐이다
겹겹이 쌓아올린 퇴적층도 차마 추억하지 못한 곳

그녀가 둥근 몸으로 썰물에 갇힌
멜로디들을 한 마디씩 불러낸다

목울대를 울리는 건 진동이 아니라
목젖 사이로 가끔씩 드나들던 빙하의 흔적
그녀도 결국 그 흔적들이 두려워
바다를 막았을 것이다

물 흥건한 어시장 상가 귀퉁이
삭아 너덜너덜한 노래자랑 포스터 아래
그녀가 내두른 제방이 다리를 벌린다
다음 주를 기약하는 익숙한 멜로디,
간척지에선 아직 바닷물이 빠지는 중이다

반구대 암각화

— 흔적 4

오래된 화물칸 같은 그의 손이

과일들을 부려놓는 동안

플라스틱 바구니 사이로 빗방울이 날렸다

날리는 빗방울 사이로 언뜻언뜻 보이는

덜 마른 항해의 흔적

가속 페달을 밟을 때마다 고래 울음소리가 들려

그가 장터를 옮겨다니는 것도

바다를 벗어나지 못했기 때문이다

푸른 트럭이 처음으로 도로를 달릴 때

그의 머리에서도 바닷물이 솟구쳤다

숨구멍으로 솟아오르던 아슬아슬한 포말

북극이 가까워지면 고래들이 뿜어 올린

물줄기는 소나기구름이 된다고 했다

비린내 가득한 빗줄기 쏟아지고

사내가 딱딱하게 굳어버린 뒤통수를 긁적인다

푸른 파라솔을 펼치는 사내의 숨구멍에서

더운 김이 조금씩 솟아올랐지만

구름의 길목은 이내 굳게 닫혀버린다

장이 파하고

사내의 차가 긴 공명을 남기고 떠난 자리

소나기가 새긴 고래가 서서히 지워지고 있다

언양읍성

— 흔적 5

몸이 말보다 먼저 흔적을 기억한다
손가락 끝 차디찬 성벽은 여전히 싱싱하다

밑단부터 천천히 맞아떨어지는
바위를 뚫고 뿌리내리기까지
싱싱하게 아귀가 맞은 자리

몇 개의 전쟁과 수백 개의 전투에도
결국은 깻잎에게 점령당한 저 사소한 균열

저렇게 어금니 앙다물며
다짐한 것들을 기억한다
후드득 쏟아지는 깨알이
어금니 사이에 낀다
사소한 불편이 가장 성가셔
나를 지키기 위해 성 밖으로
내던졌던 무수한 화살과 창들
결국 당신에게 꽂혀버린 말들

빈틈 하나 지키지 못해
자꾸 벌어지는 이와 이 사이
내던진 말들이 잇몸으로 파고든다
어금니 사이에 싱싱하게 꽂혀서

당신, 엉덩이 툭툭 털며 떠나길 잘했다

청소
— 흔적 6

1

잡아 먹은 것들
사라지지 않고
흔적을 남긴다
비밀 같은 냄새
누더기를 갉아 먹는
흡반으로 건설한 누란

오직 싸질러놓은 흔적으로만
존재하는 신

2

조그만 균열로도
세계는 무너질 수 있어
견고한 성벽은 안에서
더 쉽게 무너지기 마련이지
트로이가 우리에게 가르쳐준 건

말의 항문에서 무슨 냄새가 났는지
아무도 몰랐다는 것
엉덩이에 달라붙어
냄새를 맡아봐
자, 무슨 냄새가 나지

3

지나간 사랑을 열면 먼지가 들어오고
지나간 사랑을 닫으면 냄새가 빠지지 않는
하지만 중요한 건 냄새를 지우는 것
우선 방향제를 뿌려
지난 흔적을 지워본다
흔적을 흔적으로 덮어버리는 그래서
역사는 그렇게 누군가가 지운
냄새의 흔적을 찾아가는
사랑도 역사가 될 수 있다고 믿었다

4

청소를 끝내고
먼지가 달라붙은 걸레를
구석에 던졌다
폭식으로 아랫배가 불룩해진 걸레가
모서리에 코를 박고 냄새를 맡는다
모서리에서 모서리의 흔적을 찾는 걸레
연기가 끊이지 않는 지구의 모서리에
경건히 꿇어앉은 걸레를
다시 집어 든다
우리에게서 떨어진 사랑의 흔적이
잔뜩 묻었다

붉은바다거북
— 흔적 7

사선으로 떨어지는 바닷바람이 퉁퉁거린다
그러고 보니 바닷바람은 한 번도 제대로 된 음을 낸 적이 없다

붉은바다거북 몇몇
동원된 청중처럼 목을 움츠리면
잘 깎인 모래 몇 알 스며든다
말라버린 뒤꿈치가 유영의 기억을 씁쓸하게 보여주고
연주는 좀처럼 시작되지 않는다

모래톱 사이
우리가 묻어놓고 온 알들을 가끔 궁금해하면
오랜 노숙에 찌든 장판이 잠시
불룩하게 솟아오르는 것 같다

바닥에 가슴을 대보면 안다
등이 아닌 가슴이 딱딱해진 건
쉴 새 없이 온몸으로
바닥을 쓸어서라는 걸

청소를 하고 싶은 붉은 바다거북이들
인공 수초가 나풀대고
바람 팔랑거리는 푸른 천막에 앉았다

한 줌 바닥도 내어주지 않는 대학 건물 사이
목덜미를 길게 늘어뜨리고 줄지어 건물로 들어가는
어린 거북이를 힐끔 쳐다본다

오늘 밤 저들이 돌아갈 바다를 상상한다
낮은 수심에서 소용돌이가 치면 더더욱
피하기 어렵다는 걸 저들은 알고 있을까

갈라진 침묵이 해류를 삼키고
멸망한 유적을 들여다본 자의 눈빛은 초점이 없다
멸종이야말로 가장 축복된 저주라는 말은 그래서 초점이 없다

붉은바다거북 몇몇 점점 사라지는

모래톱에 웅크리고 앉아 목덜미를 쓸어내린다
음정이 맞춰진 바닷바람을 다시 듣고 싶다

소금포*

— 흔적 8

바다를 메운 자리에 꽃이 피었다
살아가다 보면 꽃보다 꽃이 핀 자리가 더 눈부심을
바람이 한결 가벼워서 함께 피어나던
한 생이 다른 생으로 이어지던 자리
길은 마치 물결처럼 반짝이고, 물결이 지나간 곳에
한 움큼씩 쏟아지던 굵은 소금들

자신의 모습을 덜어낼수록 더욱 단단해져
바라보는 것들이 무서워 담장이 올라갔다
시멘트 벽에 갇힌 노동은 더 이상 경계를 넘지 못해
너의 이름을 조용히 부르려다 말고
공장 밖을 서성이다 돌아선다
당신의 유일한 나머지를 짊어지면 어깨를 조여 오는
바다를 채우던 날의 갯내 가득한 기억

구름은 언제나 기억 너머를 향해 흘러간다
누군가는 구름 위에서 노래를 부르기도 하고
누군가는 구름 위에서 춤을 추기도 한다

한때는 거대한 크레인이 구름은 아닌지
의심했던 적이 있다
하지만 구름보다 높은 크레인은 없어
구름 위에 서는 법은 구름보다 높이 올라가야만 할 뿐
내가 딛고 있는 바닥의 이름을 알아야 할 뿐
그대가 우리에게 남기고 간 바닥의 이름을 불러본다

이름이 불리는 것만으로도
당신의 얼굴은 푸르게 빛나고
함께 걷는 걸음만으로도
당신의 손길이 발목을 따스하게 하던
이제 그 길은 정말 사라지고 없는가
당신이 짊어진 것을 들여다볼 순간도 없이
우리에게 남기고 간 바닥의 이름을 불러볼 순간도 없이
하지만 그게 구름이 떠다니는 이유라는 걸
결국 길이란 것도 떠도는 것들을 위한 흔적이니

굳이 당신의 짐을 들여다볼 필요도 없어

다만, 우리가 딛고 있는 바닥의 이름을 나지막이 부른다

메아리처럼 둥둥 북소리가 들리고

그 소리에 당신의 심장이 두근거린다면

그저 흔적을 향해 눈길 한 번 주고

다시 가야 하는 것, 다시 걸어야 하는 것

* 소금포 : 울산 북구 염포동의 옛 이름. 과거에 염전이 있었다 하여 염포동이라 불린다.

제3부

발의 대화

가을

비바람 몰아치는 늦은 가을 저녁
아이들을 모두 태우고 그저 가는 가을을
아쉬워하며 어두운 시골길만 배회하던 날
떨어지는 낙엽들이 차창 밖으로
우수수 날리는 모습에
사위도 조금씩 조용해질 무렵이었다
둘째가 느닷없이 추억이 뭔지 아냐고 물었다
아내와 내가 낙엽에 취해 선뜻 아무 말 못할 때
아이가 '추억은 행복했던 시절에 두고 온 마음'이라고
차안에 울긋불긋한 마음을 한가득 쏟아부었다
그때, 아내와 내가 두고 왔던 마음들이
빗물에 젖어 하나, 둘 떨어지고
서로의 방향 쪽으로
무던히 휘날리던 청춘의 단풍들,
어느 가을 저녁이었다

답십리로 11길

내가 태어난 바다는 흙빛이어서
땅과 물이 함께 흘러다녔다
함께 흐른다는 건 결국 경계를 이루는 선들이
같이 밀려들었다 빠져나간다는 것
아무도 흙빛 바다를 동경하지 않았고
가끔, 짝짓기를 위해 암컷의 새끼를 죽이는 돌고래들이
가윗날처럼 물살을 자르며 출몰하곤 했다.

사창가를 피해 먼 길을 돌아가야 하는 초등학교
매캐한 물왁스 냄새가 번들거리는 교실에서
머리가 깨져 울다
담임 선생의 치마 사이로 팬티를 보았고
경계는 그렇게 오래된 자국이라는 걸 일찌감치
깨달은 소년들은 지뢰에 발목이 잘려 나갔다

그때부터였다 보도블록과 보도블록 사이
경계를 넘어 걸으면
숨어 있던 발목지뢰가 터질 것 같아

선을 넘어서는 욕망이야말로
흙빛 바다에서 자란 자들의 치명적인 약점이라서
자주 복숭아뼈가 욱신거리는 통풍에 시달려야 했고
통증이 무공훈장처럼 자랑스럽다는 사내들은
휘청거리며 사창가를 드나들었다

통풍에 걸린 사내들이 보도블록 격자무늬에
발을 맞춰 탱고를 추는 새벽
새끼를 죽인 돌고래들이 흙빛 바다를 헤엄치고
발목 잘린 소녀들이 공중그네를 탄다
집은 멀고, 바람은 불지 않는다

양평동 랄랄라

장마에 실려 온 노곤한 습기가
금형공장 담벼락에 모여 앉았네

틀이 틀을 갖추는 시침이
식당 유리문을 밀듯
시간이 허기를 향해 곧장 나아가네

잠기지 않는 부력으로
허기가 봉긋 솟아오르고
그녀는 빗물에 퉁퉁 부은
무른 발을 주무르기 시작하네

랄랄라 비누 거품처럼 터지는 물집
톡 터뜨리면
모든 부력은 속이 비었기 때문이야
랄랄라 경쾌하게 떠오르네

중력처럼 끌려나오는

오래된 식욕들도 랄랄라
먼지가 켜켜이 쌓인 장부를
펼치는 그녀도 랄랄라

이제 막 태평양을 건넌 고등어 떼가
구로시오 해류를 만나면
몸을 한 바퀴 휘젓듯
한 계절 곰삭은 반찬이
골목을 휘감아 돌고 도네

오래 갇힌 그녀의 발이 랄랄라
길모퉁이에 모인 점심시간은 그렇게 랄랄라
소리 소문 없이 사라지네

풍향을 가늠한다

이리 와서 보렴,
바람이 흔드는 건 당신이 남긴 지문이야
기압골 같은 선을 지날 때 잔잔하게 이는 감촉
그곳에서 어긋난 의미를 떠미는 바람은 시작되지

내가 아는 바람이 몸을 흔든다
바람에게 나이를 붙인다면 여든아홉이 적당하다고
잘 말라 바삭해진 관계를 되짚어본다

슬그머니 주먹을 쥐면 사라지고
손가락을 펼치면 나타나는
주머니에서 손을 빼자 바람이 분다

흩날리는 문자들에선 더 먼 데가 풍겨
좀 더 날아오르면 당신이 풍길까

당신은 말이 바람처럼 사라진다고 했다
나는 말은 지문처럼 남는다고 했다

누구도 틀리지 않았다
말이 남긴 지문에서 바람이 불어오니

결국 우리의 굴곡도 기압골처럼
선과 선 사이 새겨진 감각으로
풍향을 가늠하게 되는 것

그래서 생각과는 달리 자주 어긋났고
오직 손끝만이 알 수 있던

날아오르려는 문자 하나를 주머니 속에
살며시 집어넣는다
지문이 조금 닳았다

초콜릿

초콜릿 과자를 먹다가
낮잠 든 아이의 입가를 본다

잔소리는 항상 잘 지워지는 만큼
잘 눌어붙는다

아이 입을 닦아주려다 그만
손에 묻은 초콜릿을 핥아 먹었다

아무것도 모른 채 그냥 무심결에
닦아내버린
먹다 떨어진 부스러기가
가장 달콤해

아이의 몸 어딘가 묻어 있을
달콤함을 찾아본다
무엇인가보다 어디에 묻어 있는지가
달콤함의 정체라고

입 주변을 혀로 핥아본다

무심결에 닦아내버린 부스러기
입 주변에 자꾸 묻어나던 달콤함

입술은 원래 달콤했다

레고

아이의 손이 자꾸만 가슴을 파고든다
가슴을 파고드는 손이 갈비뼈를 지나
심장을 움켜쥐자 숨이 턱하니 막혀온다

심장에 꽂히는 손

달이 키운 블루베리는 더욱 검붉어지고
심장을 지난 피는 더 빠르게 동맥을 흐른다

열심히 심장을 분해하는 아이의 손
잘 맞춰진 세포를 분해하자
판막 아래 죽은 나뭇가지가 걸려 있다
아이는 주저하지 않고 부러뜨린다

죽은 나뭇가지에서 살짝 피가 솟고
자신의 출생을 의심하며 탯줄을 찾아
자궁 속을 헤집는다
다시 거칠게 가슴을 파고드는 손마디

분해한 심장을 다시 하나하나 맞춰나간다

아이의 의심으로 맞춰진 심장
출생을 한 번도 의심하지 않은 사람들은
어미의 심장을 한 번도 움켜쥐지 않았을 것이다

이 밤 거칠게 박동하는 아내의 심장
아이가 키운 블루베리가 검붉은 건
조각난 심장에서 떨어진 피를 먹고 자랐기 때문이다

고백

이른 아침
하루를 모두 모아서 잘 집어넣어본다
네가 가슴을 크게 벌리고, 볕 좋은 날
한 움큼 햇살을 잘 흩뿌려놓으면
덜 마른 내복을 입고 뛰어다니던 봄바람이
창문 틈으로 시끄럽게 스며든다
봄날 아침은 균형을 잘 맞추지 않으면
입덧처럼 울렁거리기 마련이라서
한바탕 쿵쿵거리며 방 안을 뛰어다니던
아이들도 봄볕에 잘 널어본다
오전이 조금씩 뽀송뽀송해지는 거 같아
오는 봄을 멀리 보려는 듯
뒤꿈치를 치켜들면 몸 밖으로
자꾸만 밀려나오는 물방울들

바지 주머니에 넣고 잊어버린 복권처럼
내가 잊어버린 시간들이 하얗게 부스러져
꽃잎처럼 온 가족의 빨래에 엉겨 붙었다

어차피 잘 들어맞지 않을 숫자들처럼
내가 묻혀온 시절이 털리지 않아
너의 손목은 시리고,
나는 네 눈을 피하며 빨래를 건넨다
내가 너에게 건네는 고백들은
그렇게 손이 많이 가기 마련이라서
꽃잎 지고 이파리들 피려면
우선 볕에 잘 말려야 한다

반지하

빗물이 옮겨 앉은 자리마다
무덤 같은 연못이 생겼으면 좋겠어

보글보글 잘 자란 버섯을 넣은
즉석 미역국에 몸을 담그면
가쁜 숨결 따라
목울대를 치고 올라오던
합성조미료처럼 입맛에 딱 맞아 떨어지던
눈치 빠른 고지서들

일정한 낙하만으로 평안이
움트는 수액처럼
방울지던 햇볕에
가끔 뽀송뽀송하게 올라오던
밝은 표정의 곰팡이 곰팡이

언제 샀는지 알 수 없는
습기제거제 같은 계절

창틀이 키운 선인장에서

가시가 자라고

분분하게 꽂히던 눈길이 보여

걷다 보면 네가 파놓은 웅덩이 때문에 가끔씩 발을 헛디디곤 해 지난밤 참기 힘든 습기에 나팔관을 따라 흘러나오던 난소도 그만 헛디딘 궤적 때문에 날카롭게 울어

빗줄기의 침묵을 이해하는 가장 좋은 방법은 투신(投身)이라던가

네가 깔고 누운 이불의 성분이 궁금해

왜 캐시밀론을 덮으면 자꾸 얼굴을 가리고 싶은지

삐져나온 다리처럼 너비가 맞지 않은 계절이 어서 지나갔으면 좋겠어

소멸엔 핑계가 없다

당신과 나, 오래 보았던 지붕 아래
구겨 넣어진 신발 두 켤레
구두코가 맞닿은 자리에서 몸을 숨기면
굽 아래 숨었던 공간만큼 간격을 두고
미리 보았던 저녁을 향해 숨 쉬던 붉은 빛

자꾸 흘러내리는 소멸을 쓰다듬으면
손가락 사이로 빠져나가던 독백이 들려
주저하며 내질러진 창살을 보며
갈 데가 없어 홀로 내지른 수평

수평에게도 궤적이 있다면 그건
낮과 밤의 교대일 뿐이라며
이 계절에 맞는 비밀은 좀 푹신했으면
당신이 구겨진 이불처럼 마음을 드러내면
안과 밖이 모두 당신 때문이라는 핑계로 엉킵니다

간혹, 당신에게 떠오른다는 건

작은 방을 휘감아 도는 기류처럼
쉼 없는 흔들림이라 느닷없이
덜컹덜컹 내려앉는 그리움도
오래된 맹세처럼 자주
핑계 속으로 빠져듭니다
아니, 저 저녁 속으로 한없이
붉은 피를 흘려보내며 사라집니다

아버지는 왜 잠귀가 밝은가

여름밤이었다
눅눅한 이불은 쉽게 펴지지 않았고
반지하 좁은 창문을 열어놓으면
길 잃은 것들이 자꾸 아래로 아래로 내려왔다

잠귀 밝은 아버지 형광등을 켜면
빈 아궁이처럼 자꾸 깜박깜박하는 불빛
오래전이었다 저 불빛처럼 허둥대던
아버지의 보금자리를
파고들던 잿빛 몸뚱이
온몸에 오소소 털이 돋아나듯
잠시 투덕대고서야 밀려드는

산이 사람을 키우던 시절엔 알 수 없었다
산으로 들어간 할아버지도 작은할아버지도
천장을 낮추면 사라지려나
아버지가 귓바퀴를 돌아
천장 낮은 방 한 칸 마련해도

열린 귓구멍으로 기어이 들어오던 잿빛 몸뚱이

그날 소란은 오래가지 않았으나
방 한구석 축 늘어진 쥐와 식구들
발광을 위해 깜박깜박 전기를 모으듯
잠시 투덕대고서야 밀려드는
아직도 달팽이관을 맴돌며 경련을 일으키는
쥐인 양 쥐인 양

빈집

벌레들이 쌀에 집을 지었다
알알이 지은 집
손 대기가 무섭게 부서져버린다

단단히 여물었다 생각했는데
한 톨 한 톨 속부터 파고들어
지어진 빈집

쌀에 벌레가 들고
벌레가 집을 짓고
지은 집을 내다 버리러
집을 나선다
벌레도 없는 빈집은
누구에게 흘려보내야 하나

엘리베이터에 올라 빈집들을 지나친다
담보 대출이 담보로 잡는 확신에
몇 프로의 이율 같은 사실을 보태야

벌레들이 지은 집의 속을 들여다볼 수 있나
곰곰이 생각해본다

음식물 쓰레기통에
비어버린 집이 가득하다

집은 원래 비어 있었다

발의 대화

내 앞에 마주 앉은
사람을 본다
가끔 고개를 돌리면
주변이 말을 건다
말을 거는 주변과
말이 없는 사람

주변을 둘러볼 때
마주 앉은 사람이
말 없이 보내는 말이
탁자 아래로 흐른다
아래로 흐르는 말의 물결

서로를 바라보던
발이 흠뻑 젖어도
더 이상 할 말이 남아있지 않아도
움직이지 않는다
마주한 발의 대화가

이어지고
발이 걸어온 길을
서로가 바라본다

마주 보면
발이 젖는 사람을 만나고
돌아오는 길
축축하게 물에 젖은 신발이
남긴 발자욱을
오래 뒤돌아본다

애피타이저 낑깡

이 아파트는 수압이 일정치 않아
한평생 벽돌만 나르던 아버지
일 그만두고 놀기 삼아 물짐을 나르셨나
전립선이 부어올라 고생하시더니
낑낑대며 키우신 베란다 낑깡나무
이젠 아버지 고장 난 삼투압처럼
자주 자식들을 향해 물이 새는
온 식구 모여 앉은 저녁
일용할 양식의 애피타이저로 등장한
가족의 침묵처럼 피부 고운 낑깡

아파트도 열매 맺을 수 있나요
이유 없는 성장은 없단다
저 안에 깃든 물관이 너무 많아요
다시 짓기엔 힘줄이 퇴화하는 속도가 너무 빠르구나

터가 좋아 낑깡이 많이 열렸다는
한 시절 우뚝 설 때는 먼지 풀풀 날려도

돼지 비계 부드러운 살갗으로
칼칼한 식도를 코팅하던 아버지
마치 음복하듯 천천히 음미하시다
잘 닫히지 않는 입술 사이로 잠깐
오줌이 샜지만 아무도 내색하지 않았다
방수 페인트를 칠한다고
누수가 그칠 것 같지 않은 저녁
오래된 습습함이 몸통을 쓸어내리면
맛을 음미하는 미각은 여전히
뿌리를 향해 단단히 돋아나고
고장 난 삼투압에도 잘 자란
아버지 불알 같은 낑깡

불알의 속 맛이 자못 시큼하다

초식동물의 아침은 늑골부터 가렵다

웰빙은 상식, 산뜻하게 차려진 새싹을 먹으면
이제 막 빛을 본 싸가지들
몸 안에 차곡차곡 쌓이고
환골탈태라도 할 듯 여리고 보드라운
입감은 성스럽기까지 해요
유난히 육식을 좋아하는 아버지
식구들 몰래 자주 삼겹살을 구웠고
고기 익는 냄새가 익숙해질 무렵
어머니는 내 늑골에 씨를 뿌렸죠
앙상한 갈비뼈가 만든 고랑들
늦은 잡초 같은 아침잠이
피곤한 쉼표처럼 고랑을 메울 때마다
행간을 따라 김을 매던 아내
파릇파릇 돋아나는 새싹을 뽑아
더 자라봐야 별 볼 일 없단다
인도 인도 인도사이다 흥얼대며
배달된 새싹을 버무리면
왜 초식동물의 아침은 늑골부터 가려워오는지

일주일 무료, 한 달 50% 파격 할인,
유혹이 파릇파릇 샘솟는 웰빙 한 가족
이랑마다 푸른 싹이 돋아나는 아침
돌 지난 아들의 늑골에 배달돼 온
씨앗 한 상자,
매일 새벽
씨앗을 뿌리는 아내를 본다

봄

생강나무 노란 꽃망울이
마치 당신의 난포처럼 자랐더군요
난 성급히 보도자료를 써요
봄에 걸맞은 헤드라인이 뭘까 고민하다
줄곧 잃어버리고 지내던 아이를 발견해요
어쩌면 오늘 수정될 문장이
생길지도 모르겠어요

병원 밖으로 철철철 흘러넘치는
봄, 봄, 봄,
차마 발 담그지 못해
귓불에 대고 쓸쓸한
휘파람만 불다 돌아서요
아이를 가지기 위해
왜, 자꾸 자궁을 들여다봐야 하나요
당신은 간지러운지 여전히
솜털만 곤두서겠지요
소심한 것도 병이에요

마구 소용돌이치고 싶어

당신이라는 폭포로 달음질쳐요

봄에 걸맞은 헤드라인이 뭘까

아직 고민이에요

무작정 뛰어들면 먹먹한 물소리가

고막을 흔들겠죠

고막이 떨릴 정도로 달아오르지 않아서

아직 다른 꽃은 피지도 않았는데

성급한 도발처럼

생강나무 노란 꽃망울만 피어나요

제4부

질문

제주

아침 식탁
달걀 프라이를 앞에 놓고
제주를 생각한다

방심한 순간
순식간에 터져버린 노른자
되돌릴 수 없는
그 순간
문득 떠오른 제주

그리워하고 있었나
멍하니 쳐다보면
접시 위로 빠르게 번지는
원형에 대한 아쉬움

타라우마라족의 사슴 사냥*

혀의 눈
눈빛이 맡는
능선의 아스라함

뒤를 돌아보는
퇴화된 근육의
결 따라
온다

모든 위기는
팽팽한 긴장보다
한 걸음 늦게 나오는 법

시선에서 자라난
산맥
아주 조금 몸을 틀어

너를 향해

뛴다

* 타라우마라족의 사슴 사냥 : 아메리카 원주민인 타라우마라족은 며칠 이건 사슴을 쫓아 달려가 사슴이 결국 탈진했을 때 맨손으로 사냥을 한다.

11월

너무 맑은 하늘이 쉬워서
쉬운 하늘엔 쉬운 구름이 많다

마을 앞 히말라야시다 어깨에 묻은
뭉쳐지지 못한 실밥을 떼며
당신을 곰곰이 생각하는 것도 쉬운 일이다

사나흘 곡기 끊고 잠들지 못하는
사랑 따위 빈속에 들이켜면
당신은 먼 데서 찰랑찰랑 나풀거려
나무 그늘이 만든 엽서에
당신의 사소한 향기를 그려 넣었다

향기는 기억보다 오래 남아서
그늘이 점점 짙어지면
당신의 향기도 짙어진다

사소한 냄새가 먼저 밀려오는 11월,

어울리지 않는 시간으로 먼 데서
울고 있는 당신을 보며 깨달았다
그늘로 비가 들이친다는 건
누군가에겐 치명적이라는 걸

하여 쉬운 일은 사소한 향기와
어울리는 움푹 파인 뒷모습을
자주 그려 넣는 것이라고
곰곰이 생각하는 향기가
빗물보다 더 자주 고이도록

등대에 걸린 아침

새벽 항구, 부부가 마주 보고 그물을 턴다
어구들 뒤 도둑고양이 몇 눈치를 살피고
갈매기는 보이지 않는다
툭, 툭 잡아채는 손놀림
파도를 닮아서
자주 눈앞에서 부서진다

아가미가 걸린 채로 뻣뻣하게 굳은 시간들
미동도 없는 수평선에 조금씩 금이 간다
어차피 생선 몇 개쯤 녀석들 몫이라는 듯
살금살금 다가오는 고양이 따윈 관심도 없다
다만, 자신의 파도를 조용히 응시할 뿐

던져진 시간을 물고 불 밝히는 등대,
흘러내려서 젖어본 사람의 끄트머리에선
저렇게 반짝거리는 것들이 지키고 있지

바람은 잠에서 깨 옹알이를 시작한다

해송은 아직 안개에 갇혀 발버둥 친다

그물코 같은 들숨과 날숨 사이
이른 새벽의 부산스러움으로도
털리지 않는 것들이 있어 자꾸 손이 간다

잦은 출산으로 자궁이 헐렁해진 항구를 눕혀
가슴에 냄비를 얹는다
찌그러진 냄비가 짝짝이 가슴과 어긋나
돌멩이 하나를 주워 와 괸다
금이 간 수평선 사이 라면 물은 끓고
도둑고양이는 보챈다
아침이다

악수

나뭇가지에 매달린 이파리를 뜯는다
나머지를 잘 잡지 않으면
가지 전부가 흔들리는 것을 본다

당신을 쏠 때
방아쇠를 당기는 순간
나머지 온몸이 흔들렸다

흔들리는 것이 무서워
방아쇠를 당기던 검지를
입안으로 밀어넣는다
울컥 어제가 쏟아진다

잘 녹아서 물컹거리는 어제를
손가락으로 찔러본다
손가락 끝에 묻은 냄새로 어제를 확인한다

오늘의 나와 악수하는 손가락

떠다니던 먼지를 손가락으로 건드린다
내가 저지른 죄가 함께 흔들린다
죄의 나머지를 손가락으로 잡아본다

당신을 쓸 때 나머지가 온통 흔들렸다

ᄒᆞᆫ다리인다리*

ᄒᆞᆫ다리인다리 손바닥으로 다리를 짚으면
돌담 하나가 후드득 무너진다
다리를 오므리며 통통거리던 아이는
그 봄, 돌담 아래서 후드득 무너졌다

ᄒᆞᆫ다리인다리 손바닥으로 다리를 짚으면
동굴 속으로 환한 빛이 쏟아져 들어온다
고개를 들어 발갛게 수줍어하던 아이는
그 봄, 빛을 향해 걷다 불길에 휩싸였다

바람이 꽃잎보다 먼저
죽은 이들의 소식을 전해주던 날이었다
푸른빛이 환하디 환하게
통째로 마을을 집어삼키던 날이었다

또 겨울이 와서 아이들은
저마다 다리를 펴고 앉아본다
용케 다리만 살아서 앉은 자리

ᄒᆞᆫ다리인다리 척,

손바닥으로 다리를 짚는다

몸이 없는 다리가 여럿

누구도 다리를 오므릴 생각을 안 한다

몸부터 먼저 간 아이들

한없이 나긋나긋하게

다리를 쓰다듬어본다

무얼 찾기 위해 삼나무 숲길을 돌아왔을까

온 종일 헤맸을 때 절은 발바닥,

우리가 가진 몸을 내줘야

이 놀이가 끝나리라는 걸 짐작한다

* ᄒᆞᆫ다리인다리 : 제주특별자치도 서귀포시에서 어린이들이 두 패로 나뉘어 다리를 세며 노는 놀이.

4호선 오이도행

레일 속으로 파도가 밀려든다
갈라지는 불빛을 뚫고 경적이 울린다
가끔 소리도 없이 도착하는 것들에
가슴이 떨리곤 했다

도착해야 할 정류장이 바뀌면
자주 갈라지던 손등에 침을 뱉었다
바다로 나가기 위해 우선
기대에 못 미치는 어둠과
바닥에서 퍼덕이는 눈빛에 익숙해야 했다

파도를 향해 돌진한 제비갈매기처럼
어둠 속으로 뛰어들면 파문은 잠깐
생선은 왜 죽어서도 눈을 감지 못하는지
바다에 이미 익숙해져서라고
눈이 자꾸 반짝거리는 건
잡혀 올라온 것들의 공통점이라고
그가 애써 던져놓은 미끼를 힐끔거려본다

저절로 열리는 문 앞에서

저절로 열리는 바다를 떠올린다

다음 섬이 가까워지고

그는 다시 채비를 갖춘다

미끼를 문 지하철이 지상으로 떠오른다

통풍이 오는 오월

기억과 기억 사이 맞물리는 관절마다
분해되지 않은 기억이 날카롭게 파고들어요
기억이 만들어낸 물음표
굽은 기호가 흐르는 혈관
뒤돌아 걸어가는 그대에게 내가 보냈던,
수많은 물음들이 제대로 흐르지 못해
일으킨 동맥경화

맞아요 모든 질병의 근원은 호기심이에요
견디기 힘든 질문은 하지 마세요
내 심장은 온몸에 피를 돌리기도 벅차요
당신이 서랍 깊숙이 숨겨놓은 진통제는
식후 삼십 분이 지나야 먹을 수 있나요?
도대체 끼니를 거르기 일쑤인 우리들에게
저 복용법은 무슨 소용이 있는지

자주 움직여줘야 하는 생은 통증이
간절기처럼 자주 찾아오곤 하죠

잠복기가 무서운 건 언제 나타날지
아무도 모르기 때문이에요
하지만
오월처럼 또 혈압 높은 통풍이 온다면
무시하기엔 통증이 너무 심하지 않던가요
잊지 말아요 당신 몸 깊숙이 박힌
관절 속 물음표를

누가 고래를 숨겼을까
— 반구대 암각화

고래는 아래로 아래로 내려간다
바다가 시작된 곳은 아래다
아래의 응집, 아래의 폭발
모든 건 우주의 아래에서 시작되었다
고래가 아래를 찾으면
아래는 고래를 들여다본다

아래가 잠시 숨을 가다듬는다
숨을 가다듬는 건 아래가
여전히 길을 찾고 있다는 신호다
신호는 오래가지 않아야 한다
오래가지 않는 것으로 알려진다
고래가 의뢰받은 신호가 깜빡거린다
깜빡거리는 신호가 내 앞에서 점멸한다
전멸이 멀지 않아서 오래 아래를 본다
아래를 아무리 오래 봐도
고래가 보이지 않는다 원래
고래가 있던 곳은 아래였는데

누가 저 안에 고래를 숨겼을까
아래로 회귀해야 하는 징후는
이미 오래전에 새겨졌다

그 징후를 오래 들여다보다
아래에 있어야 할 고래를
굳이 끄집어낸 사람이 궁금해진다
고래를 굳이 끄집어낸 사람이 보내는
징후가 다시 새겨진다
내가 고래를 궁금해하고
고래가 나를 궁금해하는
징후가 다시 새겨진다
고래가 나에게 보내는 신호다

부고

야생이라는 말을 들으면
바닷가 절벽으로 가는 작은 길이 보이지 않니
사타구니로 손을 집어넣으며 슬며시 물어보면
여린 이파리 하나 서둘러 잎맥을 모으며 손등을 쳐낸다
그렇게 손등으로 쳐낸 몇 개의 부고를 기억한다

네가 이 봄을 다 겪기도 전에 뜯겨진 줄기
조용히 말라버린 초록에 불을 붙이면
오래도록 연기가 났다

그걸 이 구역의 미세먼지라고 부르는 사람들이 있다

기곗날에 잘게 바수어진 찻잎들이
재개발구역 좁은 골목 같은 혈관을 파고든다

물이 닿을 때마다 맛이 바뀌는 거주지가
네 손등을 할퀴면
물이 돌아야 긴장이 풀리듯

상처의 빛깔이 푸르게 번진다

더 이상 우러나지 않아
입안을 감돌다 씁쓸하게 사라지는 상처

차가 쓴 건 상처가 깊기 때문이 아니라
가진 꿈이 생생했기 때문이다

겨울

오늘 당신의 심장을 그리기로 마음 먹었어
심장의 배경은 어떤 색이 어울릴까 한참을 고민했지
내가 아는 핏줄은 언제나 흰색이어서
내가 쥐고 있는 당신의 가슴을 잠시 열어보기로 했어

붉게 붉게 고동치고 있던 심장을 들여다보는 순간
겁이 덜컥 났어, 누군가를 향해 그렇게
붉게 빛나는 색은 한 번도 본적이 없었지

하지만 느꼈지
당신의 심장이 유난히 붉은 건
끈적끈적하게 말라붙은 피 때문이라는 걸

그래서 온전한 심장의 모습을 보기 위해
등유 난로 심지에 당신의 심장을 묶었어
붉은 불꽃이 내 발목을 지나 무릎으로
확인하지 못한 근황은 지독한 그을음을 남기고
시간을 대류하는 상처에서 오래 갇힌

곰팡이 냄새가 나서 방문을 한참 열어놔야 했지

복원되지 못하는 열량
당신의 심장을 그리면 그래서 자꾸
몸은 따뜻해지지만 발이 시렸는지 몰라
시린 발을 심지에 가져다 대면
복숭아뼈를 타고 흐르는 따뜻한 피

등유 난로 심지에서 붉게 타오르는 심장의 요동
그렇게 심장은 남아서
결국은 심장만 살아남아서
저 깊숙한 화상을 견뎌내고 있어

장마 정거장

큰물 질 때마다 마디가 생겨
촘촘한 결마다 질기디 질긴 이동의 간극
아니었으면 쉽게 뿌리내리지 못했을

뿌리를 흔들어대는
둥근 파문이 안타까워 지금
몸을 곧추세우고 서서히 수심을 재는 중이다

물보다 더 단단한 땅은 없다며 가는 다리로
일렁이는 물 위를 딛고 달음질쳐 오면
도착 시간을 알리는 화면처럼 자주 바뀌는 목적지

시간이 맞춰진 기다림만큼
시비 걸기 좋은 것이 또 있을까
후회도 없이 수생식물의 너른 잎사귀
그 재빠른 침묵에 대고 툭, 툭 시비를 건다

장마에 익숙한 건 너나 나나 물에서 자랐기 때문이다

익숙한 빗줄기들이 너른 파문을 일으키며
물속에 가라앉은 태생을 헤매고 있다

난 아무런 근거도 없이 속삭이는 저 이명에 익숙지 않아
수많은 파문을 일으키며 물방개처럼 뛰어오는 불빛들
멈추면 가라앉는 저 불빛은 얼마나 불안한가

바지를 걷어 올리고 마른 다리에 힘을 준다
물 위로 올라야 한다

질문

오래된 병증을 확인하기 위한
몇 번의 검사를 받았다
행복하냐는 질문을 받았다
행복하냐는 질문을 받지 않을 때
제일 행복하다고 했다
내가 과연 행복한가라는
생각을 하지 않아도 되니까
이만하면 됐다고 했다
이만하면 됐다는 건
이만의 의미를 알 수 없는 사람에게
그만한 설득이 되지 못한다
질문의 소식이 궁금했다
굳이 알려고 들면 알 수 있는 소식이란
알려고 들지 말아야 할 소식이라는 걸 알았다
막차는 항상 약간 빠르거나 느리게 온다고
우리에게 질문은 그렇게 다가온다고
말할 수 없다고 했다
질문이 질문으로 이어지는

징후는 이미 있었다고

정류장에선 마지막 질문까지 외로워서

함께 타는 질문 하나 없다

거리

멀찌감치 본다
발뒤꿈치를 들고
가까이 있어도 보이지 않는 척
가까이 있어도 느끼지 못하는 척

한 번 떨어지면 제자리를 찾기까지
대개는 몇 번의 변명과 실수를 반복해야 해서
분노로 떨어진 거리에선 항상 당신을
멀찌감치 그려본다

당신이 다가오면 나는 다시 물러난다
거리에선 적당한 거리가 필요하다

분노를 다스리는 법은
거리에 있다는 걸 안다

■ 작품 해설

'당신'의 시학

맹문재

1

이인호 시인의 시 세계에서 '당신'이라는 이인칭 대명사는 스무 편이나 되는 작품에 등장하면서 시인의 세계 인식을 반영하고 있기에 주목된다. 작품들에서 당신은 부모를 비롯한 지인으로도, 사회적 대상이나 역사적인 존재로도 읽힌다. 따라서 시인의 작품들에서 당신이 누구인지는 파악해볼 만한 주제이다. 마치 만해 한용운의 작품들에서 '님'이 누구인지를 분석하고 그 의미를 연구하는 경우와 같은 것이다. 그렇지만 만해의 작품들은 개인 차원을 넘어 일제 강점기라는 특별한 상황과 그가 불타였다는 신분 등으로 님의 정체성이 중요한 데 비해 이인호 시인의 작품들은 당신과의 관계 자체가 보다 부각되고 있다.

작품에 등장하는 당신은 적당한 온도와 향기를 가지고 있다. 또한 작품의 화자가 당신의 얼굴을 바라볼 때 함께 바라보고, 화자가 당신의 손을 잡을 때 같은 방향으로 선다. 이름이 불리는 것만으로도 당신의 얼굴은 푸르게 빛나고, 함께 걷는 걸음만으로도 당신의 발목은 따스하다. 그리고 모퉁이를 돌아야 삶이 이어진다고 인식할 정도로 적극적이다. 그리하여 당신이 심어놓고 간 온기가 차츰차츰 뿌리를 뻗고 싹을 틔운다.

그렇지만 당신의 형편이 평온하거나 여유로운 것만은 아니다. 당신은 서랍 깊숙이 진통제를 넣어두고 복용할 정도로 질병을 앓고 있고, 당신의 심장을 그리기로 마음먹고 가슴을 열어보았을 때 생각했던 것보다 유난히 붉었다. 그러면서도 상가(喪家)에서 초상을 보며 허기를 잊을 정도로 마음이 여렸다. 따라서 작품의 화자와 당신과의 관계는 손쉽게 마련된 것이 아니다. 당신의 호주머니에서 꺼낸 빛이 오래 죽은 병아리처럼 유용하지 않자 실망하고, 변명과 실수를 반복해서 분노로 떨어진 거리에 있는 당신이 다가오자 또다시 물러난다. 사소한 불편을 성가신 것으로 여기고 자신을 지킨다고 성 밖으로 내던진 무수한 화살과 창이 당신에게 꽂힌 적도 있다. 심지어 방아쇠를 당겨 당신을 쏘는 죄도 저질렀다.

그렇지만 작품의 화자는 당신의 존재를 부정하지 않는다. 그만큼 당신과 뗄 수 없는 관계에 있는 것이다. 그리하여 화자는 당신이 남긴 지문이 바람에 풍기는 것을 느끼고, 당신의 향기가 기억보다 오래 남아 있다고 고백한다. 당신과 오래 보았던 지붕 아래 구겨 넣은 신발 두 켤레를 보면서 그리움도 갖는다. 생강나무 노란 꽃망울을 보며 당신에게 자라난 난포를 떠올리고, 몇 번의 병증을 검사받으면서 당신의 안부를 궁금해 한다. 당신이 오지 않으면 아무 소용이 없다고 함께 머무르던 지명을 되새기기도 한다. "당신이 송전탑에서 만든 구름이 나풀나풀 피어오를 때마다/환호를 지르던 푸르디푸른 지상의 균형"(「누구나 갈비뼈에 몸을 묶고 산다」)을 꿈꾸기도 한다.

국어사전에 따르면 당신의 의미는 다섯 가지로 쓰인다. 첫째는 듣는 이를 가리키는 이인칭 대명사. "이 일을 한 사람이 당신이오?"처럼 하오할 자리에 쓴다. 둘째는 부부 사이에서 상대편을 높여 이르는 이인칭 대명사. 셋째는 "당신의 희생을 잊지 않겠습니다"처럼 문어체에서 상대편을 높여 이르는 이인칭 대명사. 넷째는 맞서 싸울 때 상대편을 낮잡아 이르는 이인칭 대명사. 다섯째는 "할아버지께서는 생전에 당신의 장서를 소중히 다루셨다"처럼 그 사람 자신을 아주 높여 이르는 말 등이다.[1] 이인호 시인의 작품들에서 문맥으로 보았을 때 첫째와 넷째로의 사용은 보이지 않는다. 따라서 당신을 둘째와 셋째와 다섯째의 경우로 인식하고 그 의의를 살펴보고자 한다.

2.

계획되지 않은 동네에선
계획이 자꾸 틀어진다

1 국립국어원 표준국어대사전(http://stdweb2.korean.go.kr/search/List_dic.jsp).

조만간 계획이 들어서서,
계획들을 밀어내고
거주보다 확실한 보증이
필요한 사람들은
조금 더 넓은 길을 위해
바닥을 자꾸 다질 것이다

구경꾼이 많은 동네는
계획되지 않은 동네다
무계획을 들여다본 사람들은 그래서
자신의 무계획에 대해 안심하고
계획을 다시 세운다

무계획의 동네에 가면 자주 평상을 만난다
평상의 계획은 그래서 경계가 없다

평상의 풍경은
평상에서 바라본 풍경과 다르고
평상의 계획은
평상에서 바라본 계획과 다르다

내가 당신의 얼굴을 바라볼 때
당신이 내 얼굴을 함께 바라보는 것은
평상의 풍경이고
내가 당신의 손을 잡을 때
당신이 같은 방향으로 서 있는 것이
평상의 계획이다

—「평상의 계획」 전문

위의 작품에서 "평상"은 "계획"과 대조를 이룬다. 전자가 자연적인 것이라면 후자는 인위적인 것이고, 전자가 열린 장소라면 후자는 닫힌 장소이다. 전자가 다수의 것이라면 후자는 소수의 것이고, 전자가 인간적인 면을 띤다면 후자는 비인간적인 면을 띤다. 그리하여 "무계획의 동네에 가면 자주 평상을 만"나게 된다. "평상의 계획은 그래서 경계가 없다". 나무로 만든 침상을 밖에 내어놓아 누구나 앉거나 누워 쉴 수 있는 것이다.

그런데 그와 같은 상황은 지속되지 못한다. "계획되지 않은 동네에선/계획이 자꾸 틀어"지게 되는데, "조만간 계획이 들어서서,/계획들을 밀어"낼 것이기 때문이다. 그렇게 되면 "거주보다 확실한 보증이/필요한 사람들은/조금 더 넓은 길을 위해/바닥을 자꾸 다질 것이다". "구경꾼이 많은 동네는/계획되지 않은 동네"이고, "무계획을 들여다본 사람들은 그래서/자신의 무계획에 대해 안심하"게 되는데, 다른 상황이 전개되는 것이다.

그와 같은 상황에서 "내가 너의 얼굴을 바라볼 때/네가 내 얼굴을 함께 바라"본다. 또한 "내가 너의 손을 잡을 때/네가 같은 방향으로 서 있"다. 이와 같은 것이 "평상의 풍경"이고 "평상의 계획"이다. 화자와 "당신"은 "계획"의 침입에 의해 밀려나고 있지만 같은 세계관과 가치관을 가지고 연대하는 것이다.

살아가다 보면 꽃보다 꽃이 핀 자리가 더 눈부심을
바람이 한결 가벼워서 함께 피어나던
한 생이 다른 생으로 이어지던 자리
길은 마치 물결처럼 반짝이고, 물결이 지나간 곳에
한 움큼씩 쏟아지던 굵은 소금들

자신의 모습을 덜어낼수록 더욱 단단해져
바라보는 것들이 무서워 담장이 올라갔다
시멘트 벽에 갇힌 노동은 더 이상 경계를 넘지 못해
너의 이름을 조용히 부르려다 말고
공장 밖을 서성이다 돌아선다
당신의 유일한 나머지를 짊어지면 어깨를 조여 오는
바다를 채우던 날의 갯내 가득한 기억

구름은 언제나 기억 너머를 향해 흘러간다
누군가는 구름 위에서 노래를 부르기도 하고
누군가는 구름 위에서 춤을 추기도 한다
한때는 거대한 크레인이 구름은 아닌지
의심했던 적이 있다
하지만 구름보다 높은 크레인은 없어
구름 위에 서는 법은 구름보다 높이 올라가야만 할 뿐
내가 딛고 있는 바닥의 이름을 알아야 할 뿐
그대가 우리에게 남기고 간 바닥의 이름을 불러본다

이름이 불리는 것만으로도
당신의 얼굴은 푸르게 빛나고
함께 걷는 걸음만으로도
당신의 손길이 발목을 따스하게 하던

이제 그 길은 정말 사라지고 없는가
당신이 짊어진 것을 들여다볼 순간도 없이
우리에게 남기고 간 바닥의 이름을 불러볼 순간도 없이
하지만 그게 구름이 떠다니는 이유라는 걸
결국 길이란 것도 떠도는 것들을 위한 흔적이니

굳이 당신의 짐을 들여다볼 필요도 없어
다만, 우리가 딛고 있는 바닥의 이름을 나지막이 부른다
메아리처럼 둥둥 북소리가 들리고
그 소리에 당신의 심장이 두근거린다면
그저 흔적을 향해 눈길 한 번 주고
다시 가야 하는 것, 다시 걸어야 하는 것

—「소금포– 흔적 8」 전문

위의 작품에 등장하는 "당신"은 "소금포"와 깊은 관계를 가진 존재이다. "소금포"는 울산시 북구 염포동의 옛 이름으로 과거에 염전이 있었기 때문에 붙여진 이름이다. 그리하여 화자는 그 "바다를 메운 자리에 꽃이 피"어 있는 것을 바라보면서 "살아가다 보면 꽃보다 꽃이 핀 자리가 더 눈부심을" 깨닫는다. "한 생이 다른 생으로 이어지던 자리/길은 마치 물결처럼 반짝이고, 물결이 지나간 곳에/한 움큼씩 쏟아지던 굵은 소금들"을 다시금 떠올리는 것이다.

"다른 생으로 이어"졌다는 사실은 삶의 환경이 바뀌었다는 것이다. 곧 "소금포"의 자리에 "공장"이 들어선 것이다. 그리하여 "시멘트 벽에 갇힌 노동은 더 이상 경계를 넘지 못"하고 "공

장 밖을 서성이다 돌아"서고 만다. "당신의 유일한 나머지를 젊어지면 어깨를 조여 오는/바다를 채우던 날의 갯내 가득한 기억"이 있을 뿐이다.

그렇지만 그 기억도 한계가 있어 "구름은 언제나 기억 너머를 향해 흘러간다". "누군가는 구름 위에서 노래를 부르기도 하고/누군가는 구름 위에서 춤을 추기도" 하는 바람에 "한때는 거대한 크레인이 구름은 아닌지/의심했던 적이 있"었다. "하지만 구름보다 높은 크레인은 없어/구름 위에 서는 법은 구름보다 높이 올라가야만" 한다는 진리를 깨닫는다. 결국 "다른 생으로 이어"진 상황을 기정 사실로 받아들이는 것이다. 그와 같은 자세가 "내가 딛고 있는 바닥의 이름을 알"려고 하는 것이고, "그대가 우리에게 남기고 간 바닥의 이름을 불러"보는 것이다.

실제로 "이름이 불리는 것만으로도/당신의 얼굴은 푸르게 빛"나고, "함께 걷는 걸음만으로도/당신의 손길이 발목을 따스하게" 한다. 그렇지만 그것은 다 지나간 옛일이다. 그리하여 화자는 "이제 그 길은 정말 사라지고 없는가"라고 반문한다. "당신이 젊어진 것을 들여다볼 순간도 없이/우리에게 남기고 간 바닥의 이름을 불러볼 순간도 없이" 떠나간 사실을 안타까워한다. "하지만 그게 구름이 떠다니는 이유라는 걸" 수긍한다. "결국 길이란 것도 떠도는 것들을 위한 흔적"이라는 사실을 인정하는 것이다.

화자는 이와 같은 자세로 자신의 현재 상황을 적극적으로 인식한다. “굳이 당신의 짐을 들여다볼 필요도 없어/다만, 우리가 딛고 있는 바닥의 이름을 나지막이 부”르는 것이다. 그리하여 “메아리처럼 둥둥 북소리가 들리고/그 소리에 당신의 심장이 두근거린다면/그저 흔적을 향해 눈길 한 번 주고/다시 가야” 한다고 다짐한다. “다시 걸어야 하는 것”을 운명으로 여기고 나아가는 것이다.

화자의 이와 같은 의식은 “당신”으로부터 독립하는 것이지만 함께하는 것이기도 하다. “당신의 심장”을 들으면서 가기 때문이다. “눈길 한 번 주고” 다시 가지만, “당신”의 흔적을 품고 가기 때문이다. 화자는 “당신”으로부터 독립하는 것을 바람직하다고 여기면서도 “당신”과 함께하는 것을 운명으로 여긴다. “당신”을 동반자로 삼고 갈등보다는 화해로, 오해보다는 이해로, 미움보다는 사랑으로 감싸 안는다. 화자는 “당신”과의 관계를 단순히 받아들이는 것이 아니라 만들어가는 것이다.

3.

기억과 기억 사이 맞물리는 관절마다
분해되지 않은 기억이 날카롭게 파고들어요
기억이 만들어낸 물음표
굽은 기호가 흐르는 혈관
뒤돌아 걸어가는 그대에게 내가 보냈던,
수많은 물음들이 제대로 흐르지 못해
일으킨 동맥경화

맞아요 모든 질병의 근원은 호기심이에요
견디기 힘든 질문은 하지 마세요
내 심장은 온몸에 피를 돌리기도 벅차요
당신이 서랍 깊숙이 숨겨놓은 진통제는
식후 삼십분이 지나야 먹을 수 있나요?
도대체 끼니를 거르기 일쑤인 우리들에게
저 복용법은 무슨 소용이 있는지

자주 움직여줘야 하는 생은 통증이
간절기처럼 자주 찾아오곤 하죠

잠복기가 무서운 건 언제 나타날지
아무도 모르기 때문이에요
하지만
오월처럼 또 혈압 높은 통풍이 온다면
무시하기엔 통증이 너무 심하지 않던가요
잊지 말아요 당신 몸 깊숙이 박힌
관절 속 물음표를

—「통풍이 오는 오월」 전문

작품 화자의 "기억과 기억 사이 맞물리는 관절마다/분해되지 않은 기억이 날카롭게 파고"드는 것은 "당신"의 아픔이다. "기억이 만들어낸 물음표/굽은 기호가 흐르는 혈관"이 그 모습이다. 화자는 그 원인이 "뒤돌아 걸어가는 그대에게 내가 보냈던,/수많은 물음들이 제대로 흐르지 못해/일으킨 동맥경화"라고 여긴다. 화자의 이와 같은 토로가 "당신"이 앓고 있던 질병의 직접적인 원인인지는 알 수 없지만, 그렇게 생각하는 것 자체가 중요하다. 그만큼 화자는 "당신"을 깊게 생각하는 것이다.

그리하여 화자는 "맞아요 모든 질병의 근원은 호기심이에요/견디기 힘든 질문은 하지 마세요"라고 "당신"을 안심시키려고 한다. "내 심장은 온몸에 피를 돌리기도 벅차"듯이 "당신" 역시 힘들 것이기 때문이다. "당신"은 "진통제"를 "서랍 깊숙이 숨겨놓고" "식후 삼십분이 지나"서 먹을 정도로 질병을 앓고 있었다. 그리하여 화자가 "도대체 끼니를 거르기 일쑤인 우리들에게/저 복용법은 무슨 소용이 있"냐고 따지는 모습에서 볼 수 있듯이 "당신"은 구성원으로서의 역할을 제대로 하지 못했다.

그렇지만 화자는 "당신"을 탓하기보다는 "당신"을 아프게 했던 통증에 맞서려고 한다. "오월처럼 또 혈압 높은 통풍이 온다면/무시하기엔 통증이 너무 심하"기 때문에 회피할 수도, 누구를 탓할 수도 없다고 생각하는 것이다. 따라서 통증에 굴복하지 않고 마주해서 버티려고 한다. "자주 움직여줘야 하는 생은 통증이/간절기처럼 자주 찾아오"기 때문에 맞서는 그 행동은 결코 수월한 것이 아니다. "잠복기가 무서운 건 언제 나타날지/아무도 모르기 때문"이듯 통증의 정도는 예상할 수 없다. 그러므로 화자가 "잊지 말아요 그대 몸 깊숙이 박힌/관절 속 물음표를" 떠올리는 것은 통증에 맞서는 지난한 모습이다.

나뭇가지에 매달린 이파리를 뜯는다

나머지를 잘 잡지 않으면
가지 전부가 흔들리는 것을 본다

당신을 쏠 때
방아쇠를 당기는 순간
나머지 온몸이 흔들렸다

흔들리는 것이 무서워
방아쇠를 당기던 검지를
입안으로 밀어넣는다
울컥 어제가 쏟아진다

잘 녹아서 물컹거리는 어제를
손가락으로 찔러본다
손가락 끝에 묻은 냄새로 어제를 확인한다

오늘의 나와 악수하는 손가락
떠다니던 먼지를 손가락으로 건드린다
내가 저지른 죄가 함께 흔들린다
죄의 나머지를 손가락으로 잡아본다

당신을 쏠 때 나머지가 온통 흔들렸다

—「악수」 전문

위의 작품의 화자는 "나뭇가지에 매달린 이파리를 뜯"을 때 "나머지를 잘 잡지 않으면/가지 전부가 흔들리는 것을" 바라보면서 "당신을 쏠 때/방아쇠를 당기는 순간/나머지 온몸이 흔들렸"던 사실을 떠올린다. "당신"에게 총을 겨눌 만큼 사이가 좋지 않았지만, 그렇다고 해서 등을 돌릴 수는 없었다. 불행한 상황의 모든 책임을 "당신"에게 돌릴 수 없었고, 오히려 자신에게 문제가 있었기 때문이다. 그리하여 "흔들리는 것이 무서워/방아쇠를 당기던 검지를/입안으로 밀어넣는"데, "울컥 어제가 쏟아진다". 부끄러움과 후회가 드는 것이다. 그와 같은 모습은 "오늘의 나와 악수하는 손가락/떠다니던 먼지를 손가락으로 건드"리니 "내가 저지른 죄가 함께 흔들린다"는 고백에서 확인된다. 그리하여 화자는 반성과 사죄하는 차원에서 "죄의 나머지를 손가락으로 잡"는다.

화자와 "당신"은 총을 쏠 정도로 갈등을 겪었지만 완전히 결별하거나 증오할 수 없었다. 그만큼 서로는 특별한 관계를, 계약관계가 아니라 혈연 같은 운명적인 관계를 맺고 있었던 것이다. 그리하여 화자는 "당신을 쏠 때 나머지가 온통 흔들"릴 수밖에 없었다.

4.

파도에 밀려 바람이 나를 태우러 온다
고백되지 않은 것이 많다고
옆자리에 앉은 그녀가 정면을 바라본다

정면의 정면은 항상 점일 뿐이라고
고백되지 않은 것도 결국

정면의 흔적일 뿐이라고
브레이크를 서서히 밟아본다
뒤따라오던 차들이 따라 속도를 줄인다
그녀가 차창 밖으로 쓰다 만 편지를 내던진다

달리는 자동차 안에서 바람은
항상 정면에서 불어온다

심장은 혈관의 모퉁이야
모퉁이를 돌아야 삶이 이어지지
모퉁이에서 당신이 잠깐 나를 쳐다본다
모퉁이에 이르러서야 주변이 궁금해지고
모퉁이에 이르러서야 길에도
뒷면이 있다는 걸 깨닫는다
그래서 모퉁이를 돌면
우린 다시 모퉁이가 된다

정면의 모퉁이는 모퉁이의 정면이 되고
날 바라보는 이유를 알게 된다
바라보는 것으로
서로의 모퉁이가 되는 순간이다
우리가 정면을 맞이하는 순간이다

—「정면을 맞이한다」 전문

위의 작품의 화자는 "심장은 혈관의 모퉁이야/모퉁이를 돌아야 삶이 이어지지"라는 "당신"의 말을 떠올린다. 그것은 "모퉁이에서 당신이 잠깐 나를 쳐다본" 것을 발견했기 때문이다.

그리하여 그 말을 떠올린 뒤 "모퉁이에 이르러서야 주변이 궁금해지고/모퉁이에 이르러서야 길에도/뒷면이 있다는 걸 깨닫는다". "그래서 모퉁이를 돌면/우린 다시 모퉁이가" 되고 "정면의 모퉁이는 모퉁이의 정면이 되고/날 바라보는 이유"도 알게 된다.

"당신"은 "모퉁이"에 있는 존재이다. 곧 구부러지거나 꺾어지거나 변두리의 구석진 곳을 외면하지 않는 것이다. 화자는 "당신"이 있는 그 "모퉁이"에서 주변에 대해 관심을 갖는다. "길에도/뒷면이 있다"는 것을, "모퉁이"를 돈다고 해서 "모퉁이"가 사라지지 않는 것을 알게 된다. 그리하여 화자는 "모퉁이"를 외면하지 않고 끌어안는다. "정면"이나 "모퉁이"는 분리되는 것이 아니라 함께 길을 형성하는 요소로 여기는 것이다. 곧 전체와 부분이 분리되지 않고 하나로 구성된다고 인식하는 것이다. 그리하여 "바라보는 것으로/서로의 모퉁이가 되"고 "우리가 정면을 맞이하는" 것이다.

화자와 "당신"은 맞서거나 의심하거나 원망하는 등의 갈등을 보이지 않는다. 그와 같은 관계로써 "모퉁이"도 "바람"도 회피하지 않고 함께 "정면을 맞이한다". 마치 "달리는 자동차 안에서 바람은/항상 정면에서 불어"오듯이 화자와 "당신"은 주저하지 않고 "모퉁이"로 나아가는 것이다.

작품의 화자는 '당신'과 함께하는 길을 지향하고 있지만 당신에게 절대적으로 의지하지는 않는다. 당신에게 종속되지도 않는다. 당신은 화자와 밀접한 관계에 있지만 넘어설 수 없는 존재이다. 당신의 입장에서 보면 화자 역시 같은 존재이다. 이와 같은 면은 시간의 차원에서도 확인된다. 화자가 현재의 존재라면 당신은 과거의 존재이고, 설령 당신이 현재의 존재라고 할지라도 화자와 결합되거나 융합될 수 없다. 두 존재의 이원성은 공간적으로도 육체적으로도 정신적으로도 마찬가지이다. 상호주관성이나 대칭적인 관계를 넘어 존재하는 것이다.

그렇지만 작품의 화자는 당신에게 다가간다. 당신의 정체성을 화자의 정체성으로 동화시키지 않고 함께하려고 한다. 구체적이면서, 인격적이면서, 온몸으로 우주를 사랑하는 순서에서 그 우선으로 당신을 품는 것이다. 그 과정에는 고독과 불안과 안타까움과 고통이 수반될 수밖에 없다. 작품의 형식이며 시어며 비유 등이 다소 낯선 것은 그와 같은 면이 반영된 것이다. 그렇지만 화자는 "당신이 오지 않으면/아무 소용이 없는 밤"(「섬으로 온다」)이라고 여기듯이 당신과의 관계를 포기하지 않는다. 화자는 자신의 존재성을 인식하면서 이미 당신을 향한 운동성을 걸어놓은 것이다.

그리하여 작품의 화자가 당신에게 다가가는 모습을 바라보고 있으면 카렐 차페크의 아버지에 대한 사랑이 떠오른다. "아버지와의 접촉은 어떤 벽이나 단단한 기둥에 기대는 듯한 느낌을 주었다. 나는 아버지가 이 세상에서 제일 힘이 센 사람일거라고 생각했다. 그에게 싸구려 담배와 맥주와 땀 냄새가 배어 있었고, 그의 건강함은 내게 한없는 안정과 신뢰감을 주었다. 가끔 화를 낼 때는 아주 무서웠고 벼락이 내리치듯 고함을 질렀지만, 분노가 가라앉은 아버지의 품에 안길 때 느끼는 조마조마한 두려움은 그럴수록 더욱 달콤했다."[2]

孟文在 | 문학평론가 · 안양대 교수

---

2 카렐 차페크, 『평범한 인생』, 송순섭 역, 리브로, 1998, 51쪽.

푸른사상 시선

1 **광장으로 가는 길** | 이은봉 · 맹문재 엮음
2 **오두막 황제** | 조재훈
3 **첫눈 아침** | 이은봉
4 **어쩌다가 도둑이 되었나요** | 이봉형
5 **귀뚜라미 생포 작전** | 정원도
6 **파랑도에 빠지다** | 심인숙
7 **지붕의 등뼈** | 박승민
8 **살찐 슬픔으로 돌아다니다** | 송유미
9 **나를 두고 왔다** | 신승우
10 **거룩한 그물** | 조항록
11 **어둠의 얼굴** | 김석환
12 **영화처럼** | 최희철
13 **나는 너를 닮고** | 이선형
14 **철새의 일인칭** | 서상규
15 **죽은 물푸레나무에 대한 기억** | 권진희
16 **봄에 덧나다** | 조혜영
17 **무인 등대에서 휘파람** | 심창만
18 **물결무늬 손뼈 화석** | 이종섶
19 **맨드라미 꽃눈** | 김화정
20 **그때 나는 학교에 있었다** | 박영희
21 **달함지** | 이종수
22 **수선집 근처** | 전다형
23 **족보** | 이한걸
24 **부평 4공단 여공** | 정세훈
25 **음표들의 집** | 최기순
26 **나는 지금 운전 중** | 윤석산
27 **카페, 가난한 비** | 박석준
28 **아내의 수사법** | 권혁소
29 **그리움에는 바퀴가 달려 있다** | 김광렬
30 **올랜도 간다** | 한혜영
31 **오래된 숯가마** | 홍성운
32 **엄마, 엄마들** | 성향숙
33 **기룬 어린 양들** | 맹문재
34 **반국 노래자랑** | 정춘근
35 **여우비 간다** | 정진경
36 **목련 미용실** | 이순주
37 **세상을 박음질하다** | 정연홍
38 **나는 지금 외출 중** | 문영규
39 **안녕, 딜레마** | 정운희
40 **미안하다** | 육봉수
41 **엄마의 연애** | 유희주
42 **외포리의 갈매기** | 강 민
43 **기차 아래 사랑법** | 박관서
44 **괜찮아** | 최은묵
45 **우리집에 왜 왔니?** | 박미라
46 **달팽이 뿔** | 김준태
47 **세온도를 그리다** | 정선호
48 **너덜겅 편지** | 김 완
49 **찬란한 봄날** | 김유섭
50 **웃기는 짬뽕** | 신미균
51 **일인분이 일인분에게** | 김은정
52 **진뫼로 간다** | 김도수
53 **터무니 있다** | 오승철
54 **바람의 구문론** | 이종섶
55 **나는 나의 어머니가 되어** | 고현혜
56 **천만년이 내린다** | 유승도
57 **우포늪** | 손남숙
58 **봄들에서** | 정일남
59 **사람이나 꽃이나** | 채상근
60 **서리꽃은 왜 유리창에 피는가** | 임 윤
61 **마당 깊은 꽃집** | 이주희
62 **모래 마을에서** | 김광렬
63 **나는 소금쟁이다** | 조계숙
64 **역사를 외다** | 윤기묵
65 **돌의 연가** | 김석환
66 **숲 거울** | 차옥혜
67 **마네킹도 옷을 갈아입는다** | 정대호
68 **별자리** | 박경조